夏目漱石の
人生を切り拓く言葉

齋藤 孝

草思社文庫

夏目漱石の人生を切り拓く言葉◉目次

＊夏目漱石の原文を引用するにあたっては、『漱石全集』（岩波書店）を底本とし、『夏目漱石全集』（ちくま文庫）、『漱石全集』（角川書店）、『漱石書簡集』（岩波文庫）、『漱石日記』（岩波文庫）、『漱石文明論集』（岩波文庫）、『漱石人生論集』（講談社学術文庫）を参照しました。

＊引用にあたっては、読みやすさを考慮して、漢字や仮名の閉じ開きや送り仮名に変更を加え、句読点を補ったところがあります。

〈漱石流真面目力〉を読み解く

夏目漱石は、やがて作家となる久米正雄と芥川龍之介に、亡くなる年（大正5年）の8月21日、「君方は新時代の作家になるつもりでしょう。僕もそのつもりであなた方の将来を見ています。どうぞ偉くなって下さい。しかし無暗《むやみ》にあせってはいけません。ただ牛のように図々しく進んで行くのが大事です」と書き、三日後の24日にも、「牛になることはどうしても必要です」「牛は超然として押して行くのです」とくりかえし書いていています。さらに芥川には「ずんずんお進みなさい」とも書いています。久米と芥川はこの言葉に、作家として、人間として、人生を切り拓いていく勇気をどれだけ得たことでしょう。

漱石にとって、牛とは「真面目《まじめ》」の象徴です。〈牛のように大真面目に黙々とずんずん進んで行きなさい〉これが漱石の人生最後のメッセージでした。他人の顔色をうかがうのではなく、また評価をすぐに求めるのではなく、ひたすら図々しく一歩ずつ前に進んで行く。〈牛のように大真面目に黙々とずんずん進んで行きなさい〉は、まさにこの本のタイトル『夏目漱石の人生を切り拓く言葉』を象徴するものです。

この本では、牛のように進む力を〈真面目力〉ととらえました。

近ごろ、私が教えている大学生のあいだで「真面目にやっているけれど評価してもらえない」「真面目にやっている分だけ自分が損をしている気がする」という声を耳にします。

たしかに年々、若い人たちが真面目になっていることを私自身も実感しています。大学の授業もサボらずにほとんど出席してきます。ほぼ欠かさずに出席している学生からは、自分は真面目に授業に出席しているのに、欠席しがちな人と成績が同じなのはおかしいから、出欠をちゃんと取って評価に差をつけてほしいという声が大きくなって、近ごろは教師が必ず出席を取るようになっています。

しかし、本当の意味で彼らが真面目かと言うと、そうとは言い切れない面があるように思います。出された課題はきっちりこなすけれどもそれ以上のことはやらない。言われたことをきちんとこなすという意味では真面目なのですが、授業で刺激を受けて、自分から興味をもってさらに問題を追究するというふうにはなかなかなりません。

そうした学生たちが就職して、企業において真面目で評判がいいかというと、もちろんそれなりに仕事にフィットはしているのですが、会社や仕事になじめずに辞めてしまう人も少なくありません。

若い人に接するなかでそんなことを日々感じている私は、〈真面目〉ということを改めて考え直してみようと思い立ち、夏目漱石のメッセージにヒントを探りました。〈真面目〉を考えるにあたって、なぜ夏目漱石を選んだのか。明治の世（死去したのは大正5年ですが）を生きた漱石の人生を切り拓いた言葉が〈真面目〉だと考えたからです。漱石はしばしば手紙などで弟子や後輩などの若い人たちに向けて「真面目におやりなさい」と書いています。小説のなかにも〈真面目〉という言葉が出てきます。

これまで漱石のキーワードとして〈真面目〉がとりあげられることはなかったように思いますが、私は、〈真面目〉こそ漱石の人生の柱をなす言葉ではないかと考え、漱石の言わんとする〈真面目な生き方〉とは何かを解き明かしてみようと思いました。「真面目におやりなさい」と漱石が言うときの真面目とは、おとなしく課題をこなすというようなことではなく、未開のジャングルを自らの力で切り拓いて、ずんずん前へ前へと進み、傷だらけになってもなお前に進み、倒れるまで進みなさいということを意味しています。

前人未踏の荒野を行くような〈スケールの大きな真面目〉〈パワフルな真面目〉、言葉をかえれば〈大《おお》真面目〉です。

生真面目《き》というと、こまかいことまできちんとやるが、融通が利かず、スケールが小さいというニュアンスがありますが、漱石はそれとは反対のスケールの大きな真面目を推奨しただけではなく、漱石自身がそのような生き方によって人生を切り拓きました。

漱石は近代日本の文学をつくり上げた中心人物です。三十三歳から三十五歳にかけて官費留学生としてロンドンに渡りました。その地で英文学論をものにしようと格闘したものの光明を見いだせず、「漱石が発狂した」という噂が日本に伝わるほどに、自分の〈本領〉を見つけるに至るまで悩んだり迷ったりしました。

しかしあるとき、西洋礼賛一辺倒の考えを払拭《ふっしょく》して、自分たち日本人の文学をつくるのだ、一人の日本人として〈真面目に世の中と格闘していく〉という核心を手にしたあとは、ほぼ迷いなく四十九年の人生を切り拓いていきました。それは文学の分野だけに限らず、日本人の自我（漱石は〈自己本位〉という言葉を使っています）を確立するうえで大きな役割を担っています。

漱石はたくさんの弟子を育てています。芥川龍之介、鈴木三重吉などの文学者、寺田寅彦のような科学者、和辻哲郎などの哲学者もいます。

師としての漱石は弟子たちに向けて、ひたすら〈人生〉を語っています。「私はこのように生きるのがいいと思っていますので、あなたもこうやりなさい」「あなたはもうこんなに素晴らしい生き方をしているのですから、私などよりもよほどわかっているはずです」というふうに背中を押したり、励ましたりしています。

直接・間接に漱石に影響を受けた人は計り知れないほど多いわけですが、そうした人たちを通して漱石が日本人に与えた影響はさらに大きな広がりをもっています。

「漱石」というペンネームは中国の故事成語の「枕石漱流《ちんせきそうりゅう》」という言葉に由来します。「流れに漱《くちすす》ぎ、石に枕す」と読み、「俗世間から離れて、川の流れで口をすすいで石を枕として眠るような隠遁《いんとん》生活を送りたい」という意味です。この言葉をのちの人が隠遁の気持ちを表すときに誤って「漱石枕流《そうせきちんりゅう》」と言ってしまった。まちがいを指摘された当人は、「石で口をすすぐのは歯を磨くため。川の流れを枕にするのは水で耳の中を洗うためだ」と言い張って聞かない。ここから「漱石枕流」は「負け惜しみ、頑固者」を表すことになりました。

漱石はこの由来を知ってペンネームにしたといいますが、本人はけっして〈生真面目な堅物〉ではなく、ユーモア感覚にもすぐれています。

私は子どもたちと『坊っちゃん』の全文を音読したことが何度もありますが、あまりにもジョークがきいているので、読むたびに思わず笑ってしまいます。

『吾輩は猫である』にも「長い烟《けむり》をふうと世の中へ遠慮なく吹き出した」「(結婚の)返事を聞かないうちに水瓜《すいか》が食いたくなった」「呑気《のんき》と見える人々も、心の底を叩いて見ると、どこか悲しい音がする」など、面白い言い方がたくさん盛り込まれています。

漱石は面白い俳句も作っています。「どっしりと尻を据えたる南瓜《なんか》かな」

ユーモア感覚が表れているだけではなく、漱石の心情もよく表れています。カボチャはどっしり腰が据わっているように、自分も腰を据えてやっていこうと思ってずっとやってきた人です。創作を重ねていけば作家としてあれこれ思い悩んだり、考えたりすることがあるわけですが、漱石は人生そのものを悩んでいるわけではありません。

ですから、漱石を〈迷っている人〉〈悩んでいる人〉とだけとらえて自分に重ね合わせるのは、漱石という巨人を自分のスケールに縮めてしまっているようなものです。

漱石は言ってみれば〈精神の巨人〉です。抱え込んでいる問題のスケールが違います。福澤諭吉は日本を自分一人で背負って立つ気概を持てと言っていますが、漱石もまさに自分の両肩に背負って立つという気概をもって文学を貫いています。くわえて、自分の言っていることが日本にどういう影響を与えるかということを自覚しながら表現していた人です。

漱石が背負っている課題は明治期という近代日本の問題であると同時に、国の形成の過程にあって、一人一人がどのように人生を切り拓くべきか、自分の人生の問題をどうしていったらいいのかという個人の内面の問題にまで掘り下げていきました。

そうした大きな課題を抱え込んでいながらも漱石は、新聞社と契約して作品を書き、大家族を養います。家族どころか親戚までもが集まってきてしまいます。その様子は『道草』などにも書かれていますが、大きなものを抱えて生きていながら、そのことに汲々とせずに、踏みつぶすまで進んでいくという気概を語っています。

だから、これまで言われてきたイメージとはちがって、漱石という人は〈大真面目〉に〈真面目力〉で人生を切り拓いていくパワーを持った人、〈パワフルな真面目力〉を持っていた人と言うことができます。

〈パワフルな真面目力〉は羅針盤のない今の時代にこそ必要なものだと思います。

おとなしいのが真面目なわけではない。課題にちゃんと応えるだけでは真面目とは言えない。自分がやらなければいけない範囲のことをやっている程度では真面目とは言えない。自分がやりたいことを自分ができる範囲でそこそこにやっているという程度の真面目さではちょっとスケールが小さすぎる。そんなものは真面目とは言わない。〈あなたは腹の底から真面目ですか〉と、漱石は今の世の人々に問うています。

この本で漱石の言葉を読み進むにしたがって、腹の底から真面目な生き方をしてみたいと思ってくださるようになれば、没後百年を過ぎた今、漱石の志が生きてきます。では、〈真面目〉を軸に据えて漱石の〈人生を切り拓く言葉〉を取り上げていきましょう。

第1章

あなたは本当に真面目ですか

01 腹で受け止め、腹で行動せよ

私は高校時代、自分を真面目だと思ったこともなければ、人から真面目だと言われたこともありませんでした。遅刻もするし、授業中も友だちと話してばかりで、宿題もやったりやらなかったりという案配《あんばい》でした。

そんな高校時代に教科書で夏目漱石の小説『こころ』（『心』とも表記）を読みました。教科書には『こころ』の後ろのほうが載せてあったのですが、Kが自殺に至ったのはなぜかという疑問にかられて、巻頭から通読してみました。

そのときにドキッとしたのが左ページの一節でした。

漱石に「あなたは本当に真面目なんですか」と問われると、高校生ながらに、普通の意味で真面目ですかと訊《き》かれているのではなく、もっと倫理的に深いところで真面目ですかと問われていることが感じられて、これは漱石の〈魂のメッセージ〉だと感じたものでした。くわえて、「あなたは腹の底から真面目ですか」とたたみかけられて、〈腹の底から真面目と言える真面目〉とはどういうものだろうかと考えさせられました。

左ページにとりあげた言葉は、『こころ』の主人公の一人である「先生」が、先生の思想に惹《ひ》かれて毎日のように先生の家に通うようになる大学生の「私《わたくし》」に問いかけたものです。

あなたは本当に真面目なんですか。あなたは腹の底から真面目ですか。＊1

この学生は自分のことを真面目だと思っていて、だから先生から真面目に生きるための教訓を得たいと思っています。明治時代の学生は、生きるとはどういうことか、人生とは何かをひたすら考えていました。「私」もその一人だったわけです。

先生は自分の秘密を言うのを避けてきましたが、本当は心のどこかで一人だけには打ち明けておきたいという気持ちもありました。しかし、軽々しく批判されるのは嫌だ。話すからには覚悟を持って受け止めてほしい。

そこで先生が「私は死ぬ前にたった一人で好《い》いから、他《ひと》を信用して死にたいと思っている。あなたはそのたった一人になれますか。なってくれますか。あなたは腹の底から真面目ですか」と学生に問うと、「もし私の命が真面目なものなら、私の今いった事も真面目です」と声をふるわせて答えます。

腹の底にあるものを話したときに、相手も腹の底で覚悟を持って受け止めることができるのが〈真面目力〉です。漱石は〈腹で受け止め、腹で考え、腹で行動する〉人でした。

いじめられている子どもが、友だちに本気で相談したとき、友だちが本気で共感して、一緒に心の底から悩んでくれて、一緒に闘ってくれたら事態は変わります。しかし、適度に真面目、そこそこに真面目な程度だと、ああ面倒くさい問題だな、自分も一緒にいじめられたら嫌だなと思いながら問題から逃げてしまうことが起こり得ます。

以前、ロースクールに通う学生が、自分が同性愛者であることを同級生に打ち明けたところ、その同級生に暴露されてショックをうけ、自殺するという出来事がありました。

この件を聞いたとき、おそらく多くの人が、いやしくも法律を勉強している者が、相手が信用して打ち明けたことを広めてしまったことに怒りを覚えたと思います。私もその一人です。

秘密を抱えて何年も苦しんできた人が、誰かと気持ちを分かち合いたいと思って、やっとの思いで吐露《とろ》した。そうすることで少しでも気持ちを楽にしたいと思った。にもかかわらず裏切るのは、腹の底から真面目ではなかったことになります。

漱石流に言えば、秘密を打ち明けられたら、墓まで持っていくぐらいの覚悟があってこそ〈本当の真面目〉と言えます。逃れようもないほど重いものであっても受け止める力。それが〈真面目力〉です。

02 大きな実のなる種を播きなさい

今の日本は少子化が進む一方で大学が増えつづけ、今や二人に一人が大学生。選り好みさえしなければ誰でも大学生になれる「大学全入時代」です。バブルのころ三七万人ほどだった大学卒業生の数は今、四年制大学で五六万人ほどになっています。明治期の大学生が学生であるだけで〝ブランド〟だったのにくらべると、ブランド力は大きく下がっています。

そうした大学生がふわっとした気持ちで大学に通い、なんとなく就職し、なんだか違うんだよなと不満を感じ、転職をくりかえすというプロセスがよく見られます。日本は〝新卒社会〟ですから、転職をくりかえすごとに条件が悪くなる場合が多いと言われます。その結果、社会的に意義のある仕事をしたくてもできないという、やりがいのなさにつながっています。

そんな学生や若い社会人に読んでほしい漱石のメッセージがあります。

真面目に考えよ。誠実に語れ。摯実《しじつ》に行え。汝《なんじ》の現今《げんこん》に播《ま》く種は、やがて汝の収むるべき未来となって現るべし。

＊2

この言葉は漱石の日記にあるもので、この前段で漱石は、栄華を誇ったローマもギリシアも滅んだ。イギリス、フランス、ドイツだってどうなるかわからない。日本は比較的満足できる歴史を有してきたが、未来はわからない。だから得意になるな。かといって自ら絶望するな。自分なんてだめなんだというふうに思うな。「黙々として牛のごとくせよ。孜々《しし》として鶏のごとくせよ」と書いています（「孜々《しし》として」は「熱心に努め励む」の意）。

牛は天狗にもならなければ絶望したりもせずに、ひたすら黙々と歩んでいるイメージがあります。〈吾輩は牛である〉と言ってもいいほど、〈牛＝真面目〉というイメージが漱石には強くあります。

そして前ページの引用にあるように、真面目に考え、誠実に語り、摯実《しじつ》（真摯《しんし》）にやりなさい。すぐに芽が出るような種播きではなく、〈いつか大きな実となってあなたに収穫をもたらす種を播きなさい〉と言っています。

これは個人のことだけを言っているのではなく、過去に学びながら未来に向けて現在の日本をどうするか。そのために自分はどうすればいいのか。そこに軸足をおいて種を播かなければいけない。人のためになり、国のためになる大樹の種を播きなさい。それが〈真面目に種播きをする〉ことだと説いています。〈すぐに咲く花は枯れるのも早い〉のです。

今おかれている状況のもとで、自分で考え抜いて考え抜いて、これだと思ったことをしっかりおやりなさいという漱石流の〈真面目〉は実存主義に通じます。

実存主義は選択によって自分の未来を切り開けるという考え方です。自分がおかれている状況はたとえば家が貧しいなど、不条理なものかもしれない。しかし、たとえ不条理な状況にあっても自分が考え抜いて覚悟を決めた選択があなたの未来になると説いているわけで、漱石の言う〈収めるべき未来となって現れる〉は実存主義的な生き方とも言えます。

漱石は小説『虞美人草《ぐびじんそう》』のなかでも〈真面目〉について書いています。

「僕が君より平気なのは、学問のためでも、勉強のためでも、何でもない。ときどき真面目になるからさ。なるからと云うより、なれるからと言ったほうが適当だろう。

真面目になれるほど、自信力の出ることはない。真面目になれるほど、腰が据《すわ》ることはない。真面目になれるほど、精神の存在を自覚することはない」と書いています。

小説のなかの言葉ですが、漱石の本音が表されています。真面目になれるほど自信力の出ることはないと言っていますが、〈自信力〉という表現がすごいと思います。『自信力』というタイトルの本が一冊書けそうな気がします。

柔道家の野村忠宏さんはオリンピックで三連覇を達成しました。私がアテネ・オリンピックの直前に野村さんにインタビューしたとき、どの試合でも直前は、どうシミュレーションしても負けるような気がして不安でしようがなかった。ところが畳に立った瞬間に、自分より強い者がいるわけがないという気持ちに必ずなると語っていました。

実際、シドニー・オリンピックでは、すべてちがう技で一本勝ちしてみせると公言して達成しています。不安でしようがないというのは、一見、悲観的なようですが、それはシミュレーションを徹底的におこなうから、そうなるのであって、楽観的に考えて準備に手を抜いて負けるのは、自信ではなくて、たんに〈不真面目〉なだけです。

漱石の言う「真面目になれるほど、自信力の出ることはない」は、ふわふわとうわついていないで腰がぐっと据わっている状態のことです。

私はつねづね、〈腰肚文化《こしはら》〉こそが日本の文化の核であると説いています。武道、茶道、華道、能、歌舞伎などの日本の芸道は、臍下丹田《せいかたんでん》と言われる臍《へそ》の下を中心にして精神を落ち着かせることを重んじます。そこに精神の存在を感じるというのは、漱石の言う「真面目になれるほど、精神の存在を自覚することはない」に通じます。

ところで、みなさんは真面目とはどういうことかと訊かれたらどう答えますか。真面目とは期限を守ることである、人としての道を外れないことであると答えるかもしれませんが、漱石の真面目のとらえ方はそれらとはちがうようです。漱石は真面目をいろいろに定義していますが、その根幹にあるのが、〈真面目とは真剣勝負をすること〉です。

真面目とはね、君、真剣勝負の意味だよ。
頭の中を遺憾《いかん》なく世の中へ敲《たた》きつけて始めて
真面目になった気持ちになる。安心する。
＊3

真剣勝負とは、心も体も沸きあがって生き生きとして、自分の中のものをすべてたたきつけて活動している状態です。漱石は、真面目とは真剣勝負の意味で、やっつけなくちゃいられない意味だ。口が巧みだったり、手が小器用に働くのは、いくら頑張っても真面目とは言わない、と説いています。真面目をこういうふうに定義するのは漱石ならではです。

卓球の水谷隼《じゅん》選手、テニスの錦織圭《にしこり》選手のリオ・オリンピックでの活躍は記憶に残るものでしたが、彼らはマッチポイントまで行って、もはや試合終了というところに追い込まれても、あきらめずに闘いつづけ、逆転してメダルを勝ち取っています。彼らの闘いを見ていると、燃えあがるような闘志でもってぎりぎりのところで真剣勝負をしています。それこそが真面目というものです。

そして漱石は「人一人《ひとひとり》真面目になると当人が助かるばかりじゃない。世の中が助かる」とも書いています。

日本人が陸上の四×一〇〇メートルリレーでアメリカに勝って銀メダルを勝ち取るとは誰が想像したでしょうか。その裏には、バトンの受け渡しを徹底的に工夫するなど、緻密な準備がありました。そして本番の真剣勝負の場で自分たちの力をすべてたたきつけたわけです。

本気で闘っている人はまわりにいい影響を与えます。やったことが直接いい影響を与える場合もありますし、その人の生きる姿勢がいい影響を与えることもあります。

オリンピックやパラリンピックを見ていて、真剣勝負に見られる真面目さ、自分のすべてをたたきつけるような真面目な生き方は、見ている人の気持ちをしゃんとさせてくれます。

「君もこの際、一度真面目になれ」という漱石の言葉を胸に刻みたいものです。

03 自分の人生は自分で面倒を見なさい

漱石は俳人・高浜虚子《たかはまきょし》に何か文章を書いたらどうかと勧められて「吾輩は猫である」を書いています。この一文が虚子が編集長をつとめる雑誌「ホトトギス」に掲載されたところ、思わぬ好評を得たため、虚子から続編の依頼を受けました。『吾輩は猫である』誕生のきっかけをつくったのは虚子だったわけです（漱石を虚子につないだのは正岡子規です）。

虚子は「今私は自分の座右《ざゆう》に漱石氏の数十本の手紙を置いている。近年はあまり人の手紙は保存することをしないけれども、十年前頃までは先輩の手紙の大方を保存しておいた。（略）このたび漱石氏が亡くなったのについて家人の手によって選り出されたものがすなわち座右にあるところの数十通の手紙である」と書いています。

漱石が作家として世に出たころに虚子に送った手紙の一節に、つぎのようなメッセージがあります。

何をしても自分は自分流にするのが自分に対する義務であり、かつ天と親とに対する義務だと思います。天と親がコンナ人間を生みつけた以上は、コンナ人間で生きておれという意味よりほかに解釈しようがない。　＊4

作家として生きていくしかない。この先、何があってもかまうものかという漱石の不退転の決意が読みとれます。〈自分に忠実に、自分にうそをつかずに生きる〉ことが〈自分流〉というもので、自分流を貫くのが自分に対する義務であり、「天」と「親」によってこんな人間に生まれた以上は、〈自分の性質や気質を肯定して生き切る〉ほかはないという強いメッセージが表されています。

今の時代は「自分を大事にしなさい」と言いますが、明治時代は「世の中に対する義務を果たせ」と言われていました。義務を果たすには自分を殺さなければならないことも多かったわけです。さらに明治以前の武士の世界になると、そもそも自分を出すことなどまったく許されず、すべてが義務で縛られている〝滅私《めっし》奉公《ほうこう》〟でした。

ところが漱石は明治の時代に、自分流にするのが天と親に対する義務であり、自分流にしていたら親に文句を言われるかもしれないが、〝こんな人間〟に生まれた以上〝こんな自分〟で生き切らなければならないと説いています。この〈独自〉の生き方は〈滅私〉とは対極です。

自分流とはひらたく言えば、〈自分の人生は自分で面倒を見る〉ことです。自分の持って生まれた気質と相談しながら、自分に求められていることは何かを真剣に考えて見つけていくことですが、こんな人間に生んだのは天と親なのだからぐらいの気持ちで気楽にやればいいよというふうにも読み取れます。漱石は気持ちを大きくさせてくれる人でもあります。

私自身のことになりますが、自分が世の中に対して何ができるのかを考え抜いた結果、世の中でいちばん価値のある仕事に就くべきだと考え、それは最高裁判所の裁判官であるという結論に至りました。そこで、そこに至るには東大法学部に行くしかないと逆算し、好きでもない受験勉強をして東大に進学しました。ところが、卒業が近づいてきて、最終的に法律家になるかどうかというころになって、自分の気質と相談し、自分流の生き方を考えたとき、裁判官のような勤勉実直さは自分には向いていないことに思い至りました。

そうなると、それまでの人生設計が無駄になってしまいます。しかし、そこでハタと気がつきました。自分にはもっと好き放題に自分の考えを世の中に送り出したいという思いがある。ならば、ここで多少、方向転換し、たとえば教育的な番組を作ったり、教育的な本を書いたりすることをすればいいのではないか。ということで教育の世界に移ったわけです。

漱石の作品を十代から読んできた私は、知らず知らずに漱石の言う〈自分流〉を身につけていて、大学卒業という土壇場になってそれが発揮されたのかもしれません。私の心に〈未来に大きな収穫をもたらす種〉を植えつけてくれた漱石に感謝しなければなりません。

〈自分流〉は芸術では決定的に重要です。セザンヌは「絵は結局、自分のテンペラメント（気質）の表現であり、自分には独特の小さな感覚しかないが、それがある以上、それを妥協なく、きびしく正確に、表現するのが根本だ」と言ったそうです。

実際、セザンヌは自分の気質を曲げることなく、伝統的な絵画の約束事にとらわれない〈独自〉の絵画様式を探求し、「リンゴひとつでパリを驚かせたい」とリンゴの静物画を六〇点以上も描き、自分の気質に合ったサント・ヴィクトワール山をたくさん描いています。

自分流にやるのが自分に対する義務であると漱石は説いたわけですが、この〈流〉が大事です。私は、プロフェッショナルとは〈自分流を編み出して、それを責任を持ってやりきること〉とつねづね思っています。仕事の中身云々ではなく、どんな仕事であっても自分流にやる、その〈やり方〉が大事なのです。漱石は作家としても個人としても〈自分流〉を生涯貫いた人でした。

漱石の〈大真面目〉さがうかがえるエピソードが『硝子戸の中《うち》』という随筆に載っています。

あるとき作家志望の女性が自分の作品を見てもらいたいと漱石を訪ねてきました。彼女は弟子でもなければ生徒でもありません。素性もわかりません。ふつうなら門前払いをしてもいいのですが、漱石は〈大真面目〉に彼女と向き合います。

あなたは思い切って正直にならなければ駄目ですよ。自分さえ充分に開放して見せれば、今あなたがどこに立ってどっちを向いているかという実際が、私によく見えて来るのです。　＊5

あなたが正直に自分をさらけ出してくれるなら、あなたの立脚点が見えてくる。そうしてはじめて、私（漱石）はあなたを指導する資格をあなたから与えられるのです。しかし、こんなことを言ったら恥をかくのではないか、礼を失して怒られはしまいかと考えて自分の正体を黒塗りにしていたのでは、私がいくらあなたに利することを示唆しようと努力しても、矢を無駄に射ることになる、と漱石は女性に説きます。『硝子戸の中』は死の前年に新聞に連載されましたから、すでに漱石は大御所中の大御所です。にもかかわらず、見ず知らずの女性に大真面目に対応する姿には感動をおぼえます。

漱石はさらにつづけます。

教えを受ける人だけに自分をさらけ出す義務があるのではなく、教える人もありのままに自分を打ち明けなければなりません。そうすることで、あなたに私の弱点を握られて敗北する結果になるかもしれませんが、そうであっても、双方が表面的な社交を離れて「勘破《かんぱ》（看破）」し合わなければなりません。

漱石は「なかなかいいじゃないですか」というふうに、お愛想を言って済ますようなことはしません。本気で言いますよ。手ひどいことを言うかもしれませんが、あなたも腑《ふ》に落ちないことがあったら切り込んできなさいと〈真剣勝負〉を挑みます。

とりあえずうまくつくろっておこうとするのが社交であるとすると、人間関係をうわべだけでうまくやるという態度や生き方を漱石は真面目とは思っていません。すべてをさらけ出してぶつかり合うのが真剣勝負、それが真面目だと思っていますから、この女性にも〈大真面目に大勝負〉を挑んだわけです。

村上もとかさんの漫画『龍—RON—』（第一巻）で、主人公の龍は財閥の跡取りの地位を蹴って幼いころから得意としていた剣道で身を立てようと、日本有数の武道専門学校に入学します。ところが女性関係で迷いが生じます。そこで、剣道の達人に稽古をつけてもらうことで迷いを吹っ切ろうとしますが、師は、死ぬ気でやらなければ何も断ち切ることはできないと言って、双方ともに真剣に向き合うことになります。相手が本気で来たら、師も本気で立ち向かう。そのぶつかり合いこそが真面目ということです。

漱石と一女性が互いをさらけ出して向き合う姿は〈腹の底から真面目〉〈大真面目〉という言葉がピタリと当てはまります。

04 自分を貫きなさい

漱石はおびただしい数の手紙を書いています。岩波書店の『漱石全集』には二五〇二通の手紙が収められています。

漱石は怒りっぽい人だったなどと言われますが、弟子たちには情緒も安定していて、いつも誠意を込めて励ましの手紙を書いています。それだけではなく、毎週一回、自宅を開放して、学生や漱石を慕う若手文学者のために「木曜会」を主催しています。誰でも出入り自由だったので、弟子や学生以外の人たちも集まってきました。漱石はとにかく誠実ですから、誰の相談にも応じたので、当然執筆が進まなくなります。週一回とはいえ、大勢の人間が出入りしたので、家族から文句が出たのではないかと思います。

にもかかわらず漱石は学生や弟子たちとかかわる場を主催しつづけ、あるいは書簡というかたちで説きつづけた人です。そのなかでもよく知られているのが、「はじめに」でふれた、大正5年8月（漱石はこの年の12月に死去しています）の久米正雄・芥川龍之介への連名宛ての手紙です。そこに書かれているキーワードが〈牛〉です。

無暗にあせってはいけません。
ただ牛のように図々しく進んで行くのが大事です。
＊6

大正5年といえば、芥川龍之介が東京帝大を卒業した年で、帝大同期の久米正雄と創刊した同人誌「新思潮」（第四次）の創刊号に掲載した『鼻』が漱石に激賞されます。

この手紙のなかで漱石は「勉強をしますか。何か書きますか。君方は新時代の作家になるつもりでしょう。僕もそのつもりであなた方の将来を見ています。どうぞ偉くなって下さい」と言葉をかけています。弟子たちに対する漱石の温かい態度がにじみ出ています。この手紙を受け取った芥川と久米はさぞかし嬉しかったにちがいありません。

しかし、励ますだけにとどまらないのが漱石で、前ページの引用にあるように、「無暗にあせってはいけません。ただ牛のように図々しく進んで行くのが大事です。文壇にもっと心持の好い愉快な空気を輸入したいと思います」と説いています。

さらにこの三日後の手紙（同じく芥川・久米宛て）にも〈牛〉というキーワードが出てきます。

牛になることはどうしても必要です。われわれはとかく馬にはなりたがるが、牛にはなかなかなり切れないです。あせってはいけません。頭を悪くしてはいけません。根気ずくでお出でなさい。うんうん死ぬまで押すのです。　＊7

これから育っていく若いあなたたち、これから仕事をしていくあなたたちは、火花のように一瞬にして人の記憶から消えてしまうような目前の成果を求めてはならない。人の評価などに惑わされずに、焦らずに、根気ずくで、牛のように図々しく進んでいくのが大事だと諭しています。

「はじめに」でもふれたように、漱石は、黙々と荷車や農機具を引くことを飽《あ》かずにやる牛を〈真面目〉の象徴ととらえています。

インドではヒンドゥー教の教えによって牛は聖なる存在とされています。牛は文句も言わずに人間を手伝い、怒ることがあまりない。草食なのでほかの動物の肉を食べるわけでもない。非常に大きな力がありながら、おだやかだというのがその理由ではないでしょうか。大きな体で黙々と働く姿に崇高さを感じたのだと思います。

速く進む馬は効率はいいが必ずしも持続しない。ゆっくりだけれどもずんずん歩んでいく牛は確実に成果を積みあげていく。「われわれはとかく馬にはなりたがる」が、仕事とはそういうものではない。「なかなかなり切れないが、牛になることはどうしても必要です」と漱石は芥川と久米に説いています。

〈自分流に黙々と自分の仕事をこなす〉姿に生き方の理想を見ている漱石の目からすると、これだけやったのに評価してもらえないというふうに、目の前の成果を評価してほしいと考える人や、やたらに成功を焦る人は真面目ではないということになります。

今の世の中、すぐに評価を求める人、ほかの人の目を気にして人に認められないと自分が認められた気がしないという人が増えています。ツイッターやフェイスブックで、刻一刻、いちいち、「いいね！」ボタンを押してもらわないと気がすまない人も増えています。

自分の存在を承認してほしいという〈承認欲求〉が高まっているわけですが、〈牛のように超然としていなさい〉と説く漱石に言わせれば、そうした態度は本当の意味での真面目さに欠けることになります。

手紙のなかに「頭を悪くしてはいけません」という一節があります。この作品も認められない。あの作品も認められない。だからといって、ああ、もうだめだとあきらめたり、絶望したりすることを「頭が悪い」と表現しています。途中であきらめずに、牛のように一歩一歩、自分の力を試していきなさいと説いているわけです。

そして漱石はこの手紙を、「牛は超然として押して行くのです。何を押すかと聞くなら申します。人間を押すのです。文士を押すのではありません」としめくくっています。

牛はどこか突き抜けて〈超然〉としています。超然主義という言葉がありますが、漱石や森鷗外は、文学界の流行とは離れて超然としているというふうに言われた人です。超然として押していくというのは、他の人があれこれ言うことなど気にしないで、〈自分は自分の仕事を自分流にきっちりとやっていく〉ということです。

小説家だからといってほかの作家を気にしたり、売れる売れないを気にするな。文士としての自分を押すのではなく、一個の人間としての自分を押していけ。〈吾輩は牛である〉で押し通しなさいということです。

05 目的を定めて邁進せよ

スポーツ選手は、地域予選を突破する、県大会で優勝する、日本選手権でトップになる、世界選手権やオリンピックでメダルを取るというように目的が定まっていると、そこに向けての努力は苦しいけれども苦にならないと言います。実際には苦しいのですが、苦しいことと苦になることは別のことです。

私自身の経験からも、受験勉強をしていて、あるときスイッチが入るということがありました。自分はこの大学になんとしても行きたい、この学部に入って、将来こんな仕事に就きたいという〈目的〉が定まったときを境に、それまで身が入らなかった勉強が苦にならなくなったのです。

漱石は小説『行人《こうじん》』のなかで、〈目的〉について書いています。

> **自分のしていることが、**
> **自分の目的《エンド》になっていないほど苦しいことはない。**
>
> ＊8

この小説に登場する「兄」は書物を読んでも、理屈を考えても、飯を食っても、散歩をしても、何をしても安住することができない。何をしても、こんなことをしてはいられないという気分に追いかけられています。

そんな兄が吐露したのが「自分のしていることが、自分の目的になっていないほど苦しいことはない」です。「弟」が「目的がなくっても方便《ミインズ》になれば好《い》いじゃないか」と反論すると、「ある目的があればこそ、方便が定められるのだから」と兄は言い返します。

人生の目的、仕事の目的をはっきりさせれば、おのずとその方便（方法・手段）が見えてくる。これが〈目的があってこそ方便が定まる〉ということです。

結婚して子どもができた。それまでは自分は何者だろうと自分探しをし、自分に合った仕事は何なのだろうと迷っていたのが、この子を育てていかなければいけないと目的が定まったとたん、自分探しをしている余裕などなくなり、自分にできる範囲で仕事をやろうとするようになることがあります。仕事や家庭に不満をもらしているとすれば、まだ自分の本当の目的が見えていないのかもしれません。

〈自分の本当の目的は何か〉を真面目に考えなさいというメッセージです。漱石は小説『それから』でも〈目的〉について書いています。

> **人間の目的は、生まれた本人が本人自身に作ったものでなければならない。**
>
> ＊9

人間は目的をもって生まれたものではない。生まれたあとに人間に目的ができてくるのである。最初から客観的にある目的をこしらえて、それをその人に当てはめようとするのは、その人の自由な活動をすでに生まれるときに奪ったのと同じことになる。「だから人間の目的は、生まれた本人が、本人自身に作ったものでなければならない」と漱石は書いています。

自分が生きている目的は何なのだろうと誰もが一度は悩みますが、その答えはなかなか見つかりません。それでも自分で考え、行動して、自力で見つけだすしかないと漱石は説いています。

自力で〈目的〉を定めるのではなく、たとえば家業を継がなければいけないというので、さしたる考えもなしに継いでしまうのは、結果的にその人らしさを奪うことになります。〈自分の人生は自分で決めなさい〉〈人から与えられた目的に生きるような不真面目なことはやってはいけない〉ということです。

06 弱さでもって勝負せよ

一時期、〝自分探し〟がはやりましたが、私は自分探しには危険なものがあると思っています。三十代の人のなかにも、自分探しをしていて就職するタイミングを逸して、大人になるきっかけを失ってしまった人がいます。そういう人たちと話をすると、彼らに共通するのは、一生この仕事をやっていても大丈夫なのだろうかという不安を抱えていたり、この人と結婚しても駄目な気がするといって現実から逃げていることです。

自分探しに右往左往している人に読んでほしい漱石のメッセージがあります。愛媛県尋常中学校（松山中学）の全生徒に宛てて校誌に寄稿した『愚見数則《ぐけんすうそく》』です。明治28年、松山中学に英語の嘱託教員として赴任した二十八歳の「坊っちゃん」先生の気概と見識が表れています。

狐疑《こぎ》（疑いためらってぐずぐず）するなかれ。躊躇《ちゅうちょ》するなかれ。驀地《ばくち》（まっしぐら）に進め。物は最初が肝要と心得よ。 ＊10

疑ったりしてためらうな、ぐずぐずするな、まっしぐらに進め。ひとたび卑怯《ひきょう》になったり未練の癖をつけると、それは容易にぬぐい去りがたい。だから最初が肝心だと夏目金之助先生（漱石）は説いています。

このままやっていても行き着かないのではないか、この道を行っても駄目なのではないか、この仕事をやってもうまくいかないのではないか、この人と結婚しても駄目なのではないかと疑ったり躊躇《ちゅうちょ》していたのでは何もできません。そんなふうに人生を停滞させないためには、とっかかりのところで〈まっすぐ進む覚悟を決める〉ことが大切です。

何をやってもそこそこに生きていける今の世の中、あれこれ迷って踏み出せずにいる人が少なくありませんから、右ページのメッセージは背中を押してくれるアドバイスです。

「墨を磨《ま》して一方に偏するときは、なかなか平《たいら》にならぬものなり」という表現がこの一節に出てくるのですが、この表現が面白いと思います。墨をするときに均等に力を入れないと一方に偏ってしまいます。これと同じで、迷いがあったり未練があると、そこにばかり執着して、平らでまっすぐな気持ちになれないがために、最初の一歩が踏み出せないことになります。だから、あれこれ考えずに自分を信じてまっしぐらに〈邁進《まいしん》〉しなさいということです。

タイミングというのは〈遅すぎることはない〉ので、二十代であろうと五十代であろうと、〈目的を定めて、それを達成するために踏み出し、邁進する〉。それが漱石が言う真面目に生きるということです。〈邁進する〉ということが大事です。

さて、文豪漱石は座談や講演の名手としても定評がありました。なかでも、学習院大学で学生を前にした講演『私の個人主義』は、漱石の根本的な考え方である〈自己本位〉から個人主義を論じたもので、すばらしい文章なので、ぜひ全文を味わっていただければと思います。

この講演のなかで漱石は学生に向けて、私は煩悶《はんもん》やどこかに突き抜けたくても突き抜けることができずにじれったくなる経験をした。あなたたちはこれから実社会に出るわけだが、私と同じ経験をする人も少なからずいるだろう。すでに自力で切り開いた道を歩んでいる人や人のあとに従って従来の古い道を歩んで行くのも、自分に安心と自信があるのならかまわないが、そうできない人もいるだろうと前置きしたうえで、つぎのように語っています。

自分の鶴嘴《つるはし》で掘り当てるところまで進んで行かなくっては行けないでしょう。もし掘り中《あ》てることができなかったなら、その人は生涯不愉快で、始終中腰《ちゅうごし》になって世の中にまごまごしていなければならないからです。　＊11

「中腰でまごまごしている」という表現が面白いですね。中腰というのは〈腰が定まらない〉ことですから、〈覚悟が定まらない〉状態です。腰が中途半端な高さにあって、ちょっと引けている感じでふらふらしていると、相撲ならば、ぽんと突かれただけで、たちまちよろけてしまいます。

そんなふうにまごまごしながら一生を過ごしていいのですか。そんなことは誰もが勘弁してほしいと思うはずです。ならば、自分のツルハシで掘り進んでいって、自分の鉱脈を発掘しなさい。自分で自分の道をつけて到達したという自信、自覚があれば、その道がどんなものであったとしても自信と安心を持つことができると漱石は説いています。

〈真面目な生き方とは、自分のツルハシで金脈を掘り当てるところまで進んでいくこと〉なのに、鉄鉱石を掘り当てただけで満足していないか。まだ金脈まで到達していないのに、掘り当てたつもりになっていないか。自分がわかったつもりになって、自分に見合った仕事がほかにあるはずだと転職をくりかえしたり、もっと楽な仕事はないだろうかと探しまわって、今の仕事に身が入らないでいるというのは少なからずあることです。

そんなふうに〈自分の本領〉が見つからないでいると、人生が不愉快になると説いた漱石は不愉快とはどういうことかをよくわかっていました。

自分が本当にやりたいと思うことが見つからないあいだは不愉快で行ってしまうから、これだと思うものが見つかるまで〈妥協せずにツルハシを振るいつづけてみなさい〉というのが漱石のメッセージです。

さて、漱石の門下生に森田草平《そうへい》という人がいます。

漱石の『草枕』に感銘を受けて妻子を郷里に置いて上京し、漱石のもとに足しげく通うようになった人物です。ところが、講師をつとめていた与謝野鉄幹主宰の文学講座で聴講生の平塚らいてうと関係を持ち、明治41年には栃木県塩原温泉で心中未遂事件を起こしています。翌年、漱石の推薦で、この心中未遂のあらましを題材にした小説『煤煙《ばいえん》』を朝日新聞に連載し、文壇にデビューします。

そんな〝不肖の弟子〟の森田に、漱石はときにきびしく、ときに温かい励ましの手紙を送っています。つぎの一節もその一つです。

君、弱いことを云ってはいけない。
僕も弱い男だが弱いなりに死ぬまでやるのである。
やりたくなくったってやらなければならん。
＊12

どうやら森田はうつ状態にあったようです。そんな彼に漱石は励ましの手紙を書きました。

右の言葉の前段には、「僕が君に同情を表して泣言《なきごと》を並べると君は多少頼りになるかも知れないが、病気は益《ますます》はげしくなる。されぱと云って冷淡な返事をすればやはりわるくなる。あるいは月並な説教がましいことを云ったら何の効能もないこととなる」とあります。

突き放すのでもなければ、ぴったりと寄り添うのでもない。このあたりのさじ加減が漱石らしい対応です。

そして右の引用にあるように、弱音を吐くな、自分も弱い男だが弱いなりに死ぬまでやろうと思っているし、これまでそのようにやってきたと書いて励ましています。

す。〈弱いなりに全部を背負って死ぬまでやるという覚悟〉には一本〈芯《しん》〉が感じられます。

漱石は自分のことを弱い男だと言っていますが、死ぬまでやるのは、弱くてはできないことです。弱かろうが弱くなかろうが、とにかくやらなければならない、やりたくなくたってやらなければならない。「死ぬのもよい。しかし死ぬより美しい女の同情でも得て死ぬ気がなくなるほうがよかろう」という一節でこの手紙を結んでいて、ユーモアに救われます。

遠藤周作は「自分が弱虫であり、その弱さは芯の芯まで自分に付きまとっているのだ、という事実を認めることから、他人を見、社会を見、文学を読み、人生を考えることができる」と書いています。

07 自分の能力に見切りをつけるな

中国の戦国時代の儒学者・孟子《もうし》は「自ら反《かえり》みて縮《なお》くんば、千万人と雖《いえど》も、吾往《われゆ》かん」と言っています。「自分の心を振り返ってみたときに自分が正しければ、たとえ相手が一千万人であっても私は敢然と進んで事に当たろう」という意味です。

先日、みずから起業して一代で東証一部上場を果たした、私より若い経営者に会って、一代で一部上場というのは大したものですね、起業して経営していくのにいちばん大事なことは何ですかと尋ねたら、「胆力《たんりょく》だと思います」という意外な答えが返ってきました。

この経営者は順風満帆だったわけではなく、何かやろうとするとうまくいかず、赤字になったり、債務超過になることさえあったといいます。しかし、いちいちくじけていると先に進めないので、駄目でも前に進む、また駄目でもさらに進むのくりかえしでやってきたと話してくれました。

〈胆力〉というのは、大胆の〈胆〉で、〈臍下丹田に宿る力〉、つまり〈肚《はら》の力〉です。私は人間の精神力の源は胆力にあると考えています。他の人の顔色をうかがって何もできないのは〈胆力が練られていない〉がゆえのことです。

漱石も、東京帝大で漱石の講義を受けた中川芳太郎（のちに漱石の依頼で大学での講義ノートをもとに『文学論』の原稿をまとめるのに尽力した。旧制八高教授）に宛てた手紙で「もっと大胆なれ」と説いています。

もっと大胆なれと勧む。世の中を恐るるなとすすむ。自ら反して直《なお》き、千万人といえどもわれ行かんという気性を養えと勧む。＊13

漱石は、世の中は恐ろしいように思えるが、意外に恐ろしいものではない。君は学校にいるときから、世の中を恐れすぎている。家では父親を恐れすぎ、学校では朋友を恐れすぎ、卒業してからは世間と先生を恐れすぎている。生まれ落ちた世が恐ろしいようでは、肩身が狭く、生きているのが苦しかろう、と書いています。

福沢諭吉も「人類多しといえども鬼にもあらず蛇にもあらず、ことさらにわれを害せんとする悪敵はなきものなり」と言っています。

起業して成功する人は、そんなことをやっても無駄だからやめておきなさいと忠告されても、恐れずにずんずん前に進んでいって、ハッと気がつくと道が開けていたということがあるものです。

漱石はこの手紙に「免職と増給以外に人生の目的なくんば天下はあるいは恐ろしきものかも知れず」と書いて、失職をまぬがれることと増給以外に人生の目的がないとしたら、そのことのほうがよほど恐ろしい。それ以上に恐ろしい理由を口にしなければば恥だ、と説いています。

〈守りに入って専守防衛に追われることで、疲れてしまったり、心を折ってしまうことがないようにしなさい〉というメッセージが込められています。

漱石は金儲けのために自分の時間と労力を費やして、それと引き替えに人格的に堕落していく人生を「よし」としませんでした。しかし、漱石らしいのは、金が欲しいことを認めずに清貧《せいひん》ぶってみせる態度をとらないことです。作家として充実した執筆をするだけの、そして大家族を養うだけの金があれば「よし」としたのです。

さて、『論語』に「今《いま》 女《なんじ》は画《かぎ》れり」という話が載っています。あるとき、弟子の一人が「先生の説かれる道を嬉しく思わないわけではないのですが、私は力不足でとてもついていけません」と訴えたところ、孔子は「本当に力が足りないのなら、これまでついてこれず、途中で力尽きてしまっているはずだ。おまえは自分で自分の能力に見切りをつけて、自分は駄目だと思い込んでいるのだ」と叱咤した。限界はおまえ自身がつくっているだけではないか、自分で自分の限界をあらかじめ設定して、やらない言い訳をしているのではないかというわけです。

漱石も、本気でやろうとすれば途中で倒れることがあるかもしれないが、限界を設けてしまわずに倒れるまでやってみなさいと狩野亨吉《かのうこうきち》宛ての手紙に書いています。狩野は漱石の同期の親友で、漱石の要請で熊本の五高で教え、『それから』の代助のモデルとも、『吾輩は猫である』の苦沙弥《くしゃみ》先生のモデルの一部ともなったと言われる人物です。

余は余一人で行く所まで行って、行き尽《つ》いた所で斃《たお》れるのである。それでなくては真に生活の意味がわからない。手応《てごたえ》がない。何だか生きているのか死んでいるのか要領を得ない。

＊14

漱石は、ロンドンから日本に帰る船中で、どんなことがあっても十年前のことはくりかえすまい。これまで自分を信頼することが一度もなく、自分がどれほど偉大かを試す機会がなかった。周囲の好意を頼りに生活しようとしていた。しかし、これからはそんなものは当てにしない。妻子や親族すら当てにしない。一人で行くところまで行って、たとえ倒れたとしても、生きているという手応え、実感をつかみたい。生きているのか死んでいるのかわからないような、宙ぶらりんの生き方だけはしたくない、と書いています。

自分は真面目だと言うのなら倒れるところまでやってみなさい。心にもやもやしたものを抱えているのは、行き着くところまで行っていない証拠だということです。

さらにこの手紙に「余の生活は天より授けられたもので、その生活の意義を切実に味わんではもったいない」。それは「金を積んで番をしているようなもの」であり、「金のありたけを使わなくては利用したといわれぬ」と書いています。後生大事に金庫番をしているだけでは人生はつまらないではないかというたとえが秀逸です。

くわえて漱石は、手応えのある生き方をするのは自分のためだけでなく、この世の不愉快なことや不幸など、社会の罪悪を打ち倒すためでもあると説いています。

正月に大学箱根駅伝をおせち料理を食べながら見る人は多いと思います。大学駅伝の人気が高いのは、〈真面目力の結集〉があるからだと私は思っています。全力を出し切って走った選手がつぎにタスキを渡し、それを受け取った選手がまた全力で走る。ときには中継地点で倒れ込んだり、中継地点にたどり着けずに途中でリタイアを余儀《よぎ》なくされることもあります。

倒れるまで走るという極限の〈真剣勝負の真面目さ〉をテレビで目にした私たちは、真面目に生きないと駄目だということを、コタツでぬくぬくしながら学んでいるわけです。

08 世の中に合わせるな

明治の日本を支配したのは金力と権力でした。作家となった漱石は、俗悪化していく社会と、日本人の、とくに若い人たちの精神状況を見据えて、心から憂いていました。

漱石は門下生の皆川正禧《みなかわせいき》（東大でラフカディオ・ハーンと漱石の二人から教えを受けて、のちに英文学者となる）に宛てた手紙につぎのように書いています。

ありがたくも、苦しくも、恐ろしくもない。世の中は泣くにはあまり（に）滑稽《こっけい》である。笑うにはあまり（に）醜悪《しゅうあく》である。

＊15

この言葉の前段には、「青年は真面目がいい。僕のようになると真面目になりたくてもとてもなれない。真面目になりかける瞬間に世の中がぶち壊してくれる」と書いています。

「僕のようになると」というのは、家庭や付き合いを抱えていると執筆だけに集中できないジレンマにおちいるということです。しかし、漱石は「真面目になりたくてもとてもできない」と言いつつも、真面目に生きることを貫いています。そんな体験から漱石は青年に対して、今のうちならいかようにでもできるのだから、大いに真面目にやりなさいと勧めています。

世の中は泣くにはあまりに滑稽だ、笑うにはあまりに醜悪だ。そんな世の中で真面目に生きていくのは容易ではないが、ありがたくも、苦しくも、恐ろしいものでもないのだから、いまだ責任を負っていないあなたたち青年は、とにかく真面目に学びなさい、勉強しなさい、自分のやりたい仕事をやりなさい。〈真面目にやろうと思えばやれるチャンスがあるうちに真面目に徹しなさい〉という意味のことを説いているわけです。

〈世の中が金と権力を偏重しているからといって、それに迎合する生き方をしてはならない。それよりは大真面目に生きなさい〉。権力のある人になびいたり、金のある人にひれ伏すような、独立心に欠けるようでは人生は開けないというのは、福沢諭吉が『学問のすゝめ』で説いた〈独立自尊の精神〉に通じるものがあります。

さて、先ほどとりあげた狩野亨吉が一高校長から京都帝大の総長に転じた際、漱石に京大で働かないかと勧めた手紙に、漱石はつぎのように返信しています。

自分の立脚地からいうと、感じのいい愉快の多い所へ行くよりも、感じのわるい、愉快の少ない所におってあくまで喧嘩をしてみたい。それでなくては生甲斐のないような心持ちがする。 ＊16

「京都はいい所に違いない。行きたいが、これは大学の先生になって行きたいのではない。遊びに行きたいのである」とユーモラスに書いたあと、一転して大真面目に、感じのいい愉快が多いところ（大学）へ行くよりも、世の中は不愉快な面が多々あるが、そこに身をおいて真剣勝負をしなければ生き甲斐を感じない。何のためにこの世に生まれたのかわからないと書いて、狩野の誘いを断っています。

漱石はこの手紙のなかで、それまでの自分の人生を以下のように振り返っています。

考えてみると自分は愚物だった。大学での成績がよかったから、少々自負の気持ちがあった。それならば卒業してから何をなしたかというと、「蛇の穴籠り」のように十年以上を暮らしていた。

自分が何かやろうとしだしたのはロンドンから帰ってからだった。だから、まだ三、四年にすぎず、発心《ほっしん》してからまだほんの子どもである。教授や博士になるならないは些末《さまつ》な問題である。これは「夏目某《なにがし》なるものが伸《の》すか縮むかという問題」であり、「夏目某の天下に与うる影響が広くなるか狭くなるかという問題」である。だから自分は「先生としては京都へ行く気はないよ」と漱石は書いています。

大学の先生だって闘っていないわけではありませんが、それでも社会的地位もあり、きちんと教えていれば波風は立ちません。世の中はどうしようもなくごちゃごちゃしていますが、金や権力に関係のないところ、いわばクリーンなところで教えているので気分は悪くありません。

しかし漱石はあえてそのポジションを蹴って、この世の感じの悪い不愉快なところで大真面目に勝負してみたいと宣言しています。

漱石はこの世は修羅場であり、倫理に欠ける世の中を倒したいと思っていました。金や権力、名声や肩書にびくついて、そういうことだけを気にしているようでは、本当に真面目に生きていることにはならない。不愉快なところで喧嘩をしてこそ真面目なのだという気概が説かれているわけですが、漱石の言う喧嘩とは〈自分の価値観を前面かつ全面に押し出していく〉ということです。

09 人に期待してもはじまらない

先にとりあげた『愚見数則』のなかに、漱石の激しい調子の人生訓が出てきます。善人ばかりだと思うと腹の立つことが多い。悪人のみだと思うと心が安まる暇がない。だから、やたらに人を崇拝するな、かといって軽蔑もするな。「生まれぬ先を思え。死んだ後を考えよ」と書いて、つぎのようにつづけています。

水瓜《すいか》の善悪は叩いて知る。人の高下《こうげ》は胸裏《きょうり》の利刀《りとう》を揮《ふる》って真二《まふたつ》に割って知れ。叩いたくらいで知れると思うと、とんだ怪我をする。

＊17

スイカの良し悪しは表面の皮を叩くことで知ることができるが、人間の善し悪しはコンコンと叩いたぐらいではわからない。鋭い刀で斬りかかって真っ二つに割るくらいの気迫で迫らなければ知ることができない。「人を観《み》ればその肺肝を見よ。それができずば手を下すことなかれ」。表面的な付き合いだけで相手をわかったつもりになると、とんだことになる、と説いています。

先にとりあげた『硝子戸の中』で、訪ねてきた作家志望の女性に、思い切って正直になって自分を開放してみせなさいと説いたように、漱石は〈人とのかかわりは真剣勝負〉と考えていました。「真っ二つに割って人の高下を知れ」というのもその表れです。

真っ二つに割るのは相手に対してだけではなく、自分をも真っ二つに割って、胸の奥深くに聞いてみなければなりません。それが自分に対する〈真面目な態度〉というものです。

自分探しは危険をはらんでいると書きましたが、自分の上《うわ》っ面《つら》を軽くコンコンと叩いて、自分は何がやりたいんでしたっけという程度の問いかけでは、人生において怪我を負う。その怪我をくりかえしていると、やがて取り返しがつかなくなる。そんなふうに漱石は警鐘を鳴らしているのだと思います。

『愚見数則』にはこんな言葉もあります。

多勢《たぜい》を恃《たの》んで一人を馬鹿《ばか》にするなかれ。
己《おの》れの無気力なるを天下に吹聴《ふいちょう》するに異ならず。
かくのごとき者は人間の糟《かす》なり。
＊18

多勢を頼んで一人を馬鹿にするような者は、自分で自分を律する気力がないことを世の中に言いふらしているようなもので、そんな者は人間のカスである。

豆腐のカスは馬が喰うが、人間のカスは最果ての地に持っていったところで売れるものではないと言っています。

漱石流に言えば、〈自分で自分を律することができないでいながら人を馬鹿にすることほど愚かなことはない〉となります。

さらに『愚見数則』にはこんな言葉もあります。

馬鹿は百人寄っても馬鹿なり。味方が大勢なる故、己《おの》れのほうが智慧《ちえ》ありと思うは、了見違いなり。味方の多きは、時としてその馬鹿なるを証明しつつあることあり。

＊19

多数意見だからといって、「馬鹿は百人寄っても馬鹿」なのだから、その意見が正しいとはかぎらない。味方が大勢ついているからといって、自分には知恵があると思うのは心得ちがいである。味方や賛同者が多いのは、ときとしてその人の馬鹿さ加減を表していることがある、と漱石は説いています。

大勢の人に取り巻かれている人についていけばいい目を見ることができるのではないかと期待して盲従するというのは、いつの世でも見られることです。風向きがそっちへ向かうと、みんながみんな、なびいたり、手の平を返したように一斉にバッシングしたりします。

とくに今の世の中は、ＳＮＳなどでたちまち拡散して、百人どころか数万人単位で意見が形成されてしまうことがしばしば起こります。

しかし、漱石は味方が多いのは馬鹿な証しだと看破して、自分は人の意見に流されたりしないという気概を表しています。

この章の終わりに、『私の個人主義』からもう一つとりあげます。

人格のないものがむやみに個性を発展しようとすると、他《ひと》を妨害する、権力を用いようとすると、濫用《らんよう》に流れる、金力を使おうとすれば、社会の腐敗をもたらす。

*20

漱石は学習院大学の学生に向けて、自分の個性を発展させようと思うならば、同時に他の人の個性も尊重しなければならない。自分の所有している権力を使おうと思うならば、それに付随する義務を心得なければならない。自分の金力を示そうと願うなら、それにともなう責任を重んじなければならないと語っています。

さらにつづけて、人を妨げること、権力を濫用すること、金力で社会を腐敗させること、この三つはあなたたちが将来においてもっとも接近しやすいものだから「あなたがたはどうしても人格のある立派な人間になっておかなくてはいけないだろうと思います」と説いています。

人を妨げることなく個性を発展させ、権力や金を正当に行使するためには、その根底に「人格」がなければならない。だから「立派な人間になりなさい」ということです。

このあとの章でも見ていくように、漱石は、本当に真面目に生きるとはこういうことなんだよと、手紙や小説、日記や随筆で折に触れて言ってくれています。〈真面目をキーワードにして生きていく〉〈真面目力を柱にして生きていく〉、それでこそ生きている手応えを感じることができるというのが漱石のメッセージです。

【第1章　引用文の出典】

＊1 『こころ』
＊2 明治34年3月21日付け日記
＊3 『虞美人草』
＊4 明治39年7月2日付け高浜虚子宛て書簡
＊5 『硝子戸の中』
＊6 大正5年8月21日付け久米正雄・芥川龍之介宛て書簡
＊7 大正5年8月24日付け芥川龍之介・久米正雄宛て書簡
＊8 『行人』
＊9 『それから』
＊10 『愚見数則』
＊11 『私の個人主義』
＊12 明治39年2月13日付け森田草平宛て書簡
＊13 明治39年7月24日付け中川芳太郎宛て書簡
＊14 明治39年10月23日付け狩野亨吉宛て書簡
＊15 明治39年10月20日付け皆川正禧宛て書簡
＊16 明治39年10月23日付け狩野亨吉宛て書簡
＊17 『愚見数則』
＊18 『愚見数則』
＊19 『愚見数則』
＊20 『私の個人主義』

第2章

自分の本領を発揮していますか

10 〈自分〉を掘り当てるまで進め

漱石は〈自分の本領を見つけて発揮する〉ことが〈真面目〉ということだと考えています。自分に備わっている素質を発見し、その資質を発揮するには何をしなければいけないかを見つけるまで〈邁進〉しなさいという意味のことを若い人たちにたびたび言っています。

今の若い人は〈自分の本領〉という言いまわしをあまりしないと思いますが、〈本領〉は鎌倉幕府以前から代々伝えられた〈私領〉のことで、幕府から与えられたものではない〈もともとの自分の領地〉のことを言います。

第1章でとりあげた学習院大学での講演『私の個人主義』で漱石は、教師になってはみたものの〈自分の本領〉が見つからずに右往左往したことをつぎのように語っています。

教師になったというよりは、教師にされてしまったという感じで、語学力は怪しいものだが、お茶を濁すことはできた。しかし、自分の〈腹〉のなかはいつも空虚で、不愉快で煮え切らない漠然としたものが至るところに潜んでいてたまらなかった。自分は職業としての教師にちっとも興味を持てなかった。教育者としての素質が欠けているのだから仕方がないが、始終中腰でまごまごしていて、隙《すき》があったら〈自分の本領〉に飛び移ろうと思っていた。

ところが本領へ飛び移ろうにも、自分の本領があるようでないようで、どっちを向いても思い切って「やっ」と飛び移れない。自分の手に一本の錐《きり》さえあればどこか一か所を突き破ってこの閉塞《へいそく》を打破するのだがと焦ってはいたものの、その錐は人から与えられることもなく、自分で発見することもできず、不安を抱いたまま大学を卒業して松山（松山中学＝現・愛媛県立松山東高等学校）から熊本（五高＝現・熊本大学）、そして外国（イギリス）にまで留学してしまった。

そして、ロンドンの下宿で悶々としているときに漱石は、今までの自分はまったくの〈他人本位〉で、根のない浮き草のようにそこいらをでたらめに漂っているから駄目だったことにハタと気づいたのです。

このとき私は始めて文学とはどんなものであるか、その概念を根本的に自力で作り上げるよりほかに、私を救う途《みち》はないのだと悟ったのです。 ＊21

漱石は〈他人本位〉をつぎのように説いています。

「自分の酒を人に飲んでもらって、後からその品評を聴いて、それを理が非でも（無理にでも）そうだとしてしまう、いわゆる人真似を指すのです。みんな向こう（西洋）の人がとやかくいうので、日本人もその尻馬《しりうま》に乗って騒ぐのです。こういう私が現にそれだったのです」

西洋に迎合することなく、日本人である自分が英文学論をものにするという困難を抱えて神経衰弱になり、ロンドンの下宿にこもっていた漱石。

漱石は自分を覆っていた深い霧が晴れた瞬間を、「ようやく自分の鶴嘴《つるはし》をがちりと鉱脈に掘り当てたような気がしたのです」と表現しています。漱石が掘り当てた〈鉱脈〉、それが〈自己本位〉です。

私はこの自己本位という言葉を自分の手に握ってから大変強くなりました。茫然《ぼうぜん》と自失《じしつ》していた私に、ここに立って、この道からこう行かなければならないと指図《さしず》をしてくれたものは、実にこの自我本位の四字なのであります。＊22

〈自己本位〉〈自我本位〉の四字が自分の進むべき道を指し示してくれたと語っています。

自己本位というと、自分だけがよければよしとする利己主義、自分の利益だけを追い求めるエゴイズムを思い浮かべるかもしれませんが、漱石の言う〈自己本位〉は〈個人主義〉とも言うべきものです。個人主義とは〈自分という個を信じて突き進む〉ことです。

〈自己本位で生きなさい〉〈自分を信じて突き進みなさい〉と説いた漱石は、自分に向き合うことで〈自分の立脚地（本領）〉を掘り当て、これを境にして生涯迷うことはありませんでした。不安で不満で不愉快なときを長く過ごしたので、その分、自分の本領を掘り当てたときの感動は大きかったことと思います。

そして漱石は、自力で自分の鉱脈を掘り当てたという感激なくして人生を過ごすのはもったいないという実感から、学習院大生を前にして熱く語ったのだと思います。

漱石はつづけて言います。自分が経験したような煩悶があなたがたにもしばしば起こるにちがいないと考えていますが、どうでしょうか。もしそうだとすると、何かに打ち当たるまで行くことは、学問をする人、教育を受ける人が、生涯の仕事としても、あるいは十年、二十年の仕事としても、必要じゃないでしょうかと語って、つぎのように言っています。

ああここにおれの進むべき道があった！　ようやく掘り当てた！
こういう感投詞（感動詞）を心の底から叫び出されるとき、
あなたがたは始めて心を安んずることができるのでしょう。
＊23

やっとのことで掘り当てた。ようやく進むべき道を見つけた。思わず「ああ！」という感嘆がもれるぐらいの感慨があってこそ生涯の〈安心〉が得られる。そうなれば容易に打ち壊されることのない〈自信〉が、その叫び声とともにむくむく頭をもたげてくると説いています。

漱石自身、霧に覆われて、前も後ろも、右も左も視界が開けないという人生を〈自分の本領〉を発見するまで送っていました。

その経験から学生たちに、「腹の中の煮え切らない、徹底しない、ああでもありこうでもあるというような海鼠《なまこ》のような精神を抱いてぼんやりしていては、自分が不愉快ではないか」と問いかけています。

「ナマコのような精神」という表現が面白いですね。形があるような、ないような、堅いような、柔らかいような、とらえどころのない、煮え切らない思いを漱石は抱え込んでいました。

漱石はつづけて言います。

そうした煮え切らない思いや不愉快はとっくに通り越しているのなら、それはそれで結構だが、自分は学校を出て三十歳を超えるまで通り越せなかった。もしどこかに引っかかりを抱えているのなら、「それを踏みつぶすまで進まなければ駄目ですよ。何かに打《ぶ》つかるところまで行くよりほかに仕方がないのです」。忠告がましいことを強いるつもりはまるでないが、国家のためやあなたがたの家族のためにだけ言っているのではなく、それが将来あなたがたの幸福の一つになるかもしれないと思うと黙っていられなくなるのです。

そして左の言葉にあるように、どうしたらいいのか悩んだり苦しんだりしているのなら、どんな犠牲を払ってでも〈本領〉を掘り当てるまで進んでいきなさいと説いています。

もし途中で霧か靄《もや》のために懊悩《おうのう》していられる方があるならば、どんな犠牲を払っても、ああここだという掘り当てるところまで行ったらよかろうと思うのです。

＊24

これにつづけて漱石は、もし自分と同じ「病気」にかかった人があなたたちのなかにいるなら、「勇猛にお進みにならんことを希望してやまないのです」。自分の本領を発見できれば「生涯の安心と自信を握ることができるようになる」と説いています。

真面目に掘り下げていけば生涯の安心と自信を握ることができると聞かされた学生はさぞかし勇気をもらったのではないかと思います。

さらに漱石は、妥協せずに自分の個性が発展できるようなところに「尻を落ちつける」まで〈邁進〉しなさいと説いています。

あなたがたは自分の個性が発展できるような場所に尻を落ちつけ（る）べく、自分とぴたりと合った仕事を発見するまで邁進しなければ一生の不幸である。＊25

漱石は〈個性〉についてつぎのように説いています。

自分の個性を尊重するのなら、同じように他人に対してもその個性を認めて尊重する必要がある。近ごろ、自我とか自覚とか唱えていくら自分勝手なまねをしてもかまわないという傾向があるが、彼らは自分の自我をあくまで尊重するようなことを言いながら、他人の自我に至っては少しも認めていない。しかし私は、自分の幸福のために自分の個性を発展していくと同時に、その自由を人にも与えなければならないと信じて疑わないのである。

漱石は自己本位という観点から〈徹底して真面目に自分に向き合いなさい〉と説いたわけですが、自己本位というのは、他人の個性を尊重しつつ、自分という個を信じて、自分自身で本当にこれだというものを見つけるまで掘り進めることですから、自分のすべてをたたきつけるつもりで闘わなければなりません。そうした闘い方をするのが自己本位ということです。

最初から負けると思っていたのでは〈真剣勝負〉に勝つことはできません。その結果、人に頼ったり、人に左右されるのでは、他人本位になってしまいます。

人の顔色をうかがって追従したり、自分の本音を言わないというのは〈正直〉ではない。人の着物を着て威張っているような、うわべの華やかさを振り払って、真面目に追い求めなければ「自分の腹のなかはいつまで経ったって安心はできない」。だから、たとえば英国人が何を言おうが、彼らの奴隷ではないのだから、自分の考えを持っているのなら臆せずに言えばいいと説いています。


世界に共通な正直という徳義を重んずる点から見ても、私は私の意見を曲げてはならないのです。
＊26

西洋人がこれは立派な詩であるとか、口調がたいへんにいいとか言っても、それはその西洋人の見立てにすぎない。自分の血にも肉にもなっていないものをわがもの顔でしゃべって歩いて、時代が時代だからそれをまた賞める風潮にある。しかし、自分が正直にそう思えないならば、受け売りなどすべきではない。自分は一個の独立した日本人なのだから、「正直という徳義を重んずる点から見ても、私は私の意見を曲げてはならない」」と漱石は語っています。

自分の意見を曲げずに、言うべきことは言う、主張すべきことは主張する。それこそが本当に真面目な態度だというのが漱石のメッセージです。

11 来た球は打て

フロイト、ユングと並び称される精神科医・心理学者のアルフレッド・アドラーは「どんな人のあらゆる人生の課題も対人関係に集約される。それらはたった三つに分類される」として、「仕事の課題」「交友の課題」「愛の課題」を挙げています。アドラーはこれら三つの課題をライフタスク（人生の課題）と呼んで、あとの課題になるほど解決がむずかしくなると説いています。

たとえば仕事に忙殺されて恋愛をしない、結婚をしない、家庭をつくらないとなると、それは仕事が忙しいからではなくて、愛の課題から逃げているということである。課題から逃げていたのでは結局のところ幸福になれない。だから課題に正面から向き合いなさいというふうにアドラーは力強く指導しています。

この点からすると、漱石は〈大真面目に人生の課題に向き合った人〉と言えます。教師・学者から作家へと転身し、結婚をして大家族を抱え、老若男女・有名無名にかかわらず多くの人と交流しています。

作家へと転身した漱石は、当時をつぎのように語っています。

ロンドンから帰るやいなや、衣食のために奔走することになった。一高や帝大に勤め、金が足りないので私立学校（わが明治大学！）でも稼いだ。「その上、私は神経衰弱に罹《かか》りました」

一高や帝大での英文学の講義を『文学論』『文学評論』という二冊の本にまとめていますが、この著作について漱石は「記念というよりもむしろ失敗の亡骸《なきがら》です。（略）著作的事業としては失敗に終わりましたけれども」と前置きして、つぎのように語っています。

> そのとき確かに握った自己が主《しゅ》で、他は賓《ひん》であるという信念は、今日《こんにち》の私に非常の自信と安心を与えてくれました。私はその引き続きとして、今日なお生きていられるような心持ちがします。＊27

漱石は『文学論』『文学評論』は失敗だったと言っていますが、日本人の手になる初期の英文学評論として今なお高く評価されています。漱石は一個の日本人としての自分の本領をもって、西洋の学説によることなく、堂々と〈自分の立場を貫き〉ながら十八世紀イギリスの作家と作品に切り込んでいます。

そのときに得た「自分が主」で「他は客（賓《ひん》）」であるという信念があるからこそ、自分は今日まで生きていられると語っています。

「これだ」というものを見つければ、そこで安心が得られる。その後にも苦労は当然ありますが、見つけるところまで行けば、その後の苦労は買って出た苦労ということで、人から与えられた苦労ではないので乗り切れるはずだというのが漱石のメッセージです。

漱石は世界の文学を読んでいますので、自身の作品は英国などの文学から刺激を受けています。しかし、漱石が書いたものは完全に日本的なものです。日本の風土を描き切っていて、家族の雰囲気、夫婦の雰囲気、はっきりと物を言わないで腹の中で会話をしているような雰囲気、親族を養わなければならないなど、日本ならではのものです。

そんな漱石は大正2年の第一高等学校（旧制一高）での講演（『模倣と独立』）で、以下のように説いています。道徳、芸術、社会などにおいて人はつねに「模倣」(イミテーション)をする。一方で人間は「独立」(インデペンデント)していてスペシャルなものである。人はこの両面を持つが、今の日本に必要なのは他国の模倣ではなくインデペンデントである。

さらにつづけて、日本が西洋に向き合うと、彼らの文明・文化の域に達するには、彼らがたどった経路をまねしなければならないという心が起こる。実際、日本はそうしてきた。しかし、そうまねばかりしていられない。そろそろ本式のインデペンデントになる時期が来ていいはずだ。いや、来るべきはずである、と前置きして、一高の学生につぎのように語りかけます。

ますますインデペンデントにおやりになって、新しい方の、本当の新しい人にならなければいけない。蒸返しの新しいものではない。そういうものではいけない。 ＊28

あなたがた学生はこれから世に出るにあたって、もう少しインデペンデントになって、西洋をやっつけるまでにはいかないまでも、少しはイミテーションをしないようにしたい。イミテーションとインデペンデントの両方を持っているのが人間である。両方を持っていなければ人間とは言われないが、どちらが今重いかといえば、これからは「人と一緒になって人の後に喰《く》っついて行く人よりも、自分から何かしたい、こういう方が今の日本の状況から言えば大切であろうと思うのであります」と語っています。

自分から何かをしたいと思うようになってほしい。自分の本領を発揮してほしい。蒸し返しではない新しいものを追い求める気概、独立心を持って歩んでほしい。それこそが〈人生を真面目に歩む〉ことだというのが漱石のメッセージです。

ゴッホは日本の浮世絵職人のようになりたいと言いました。江戸時代の浮世絵職人はとくに意識することなく協働的な職人仕事をつづけていた結果、ゴッホが認めたように、世界トップの仕事をしていたわけです。漱石の前ページのメッセージは、日本の外に求めるのではなく、この国にはオリジナルなものがたくさんあるのだから、それに向き合いなさいと説いていることにもなります。

漱石は教職という安定を捨て、作家としての自分の可能性に賭けて生きました。そのような生き方ができたのも、漱石が、自分を信じて行動し、社会に自分の力をぶつけることができる人だったからだと思います。それがわかる手紙があります。

三十九歳の漱石は高浜虚子に宛てた手紙の一節で、自分は生涯に文章がいくつ書けるか楽しみでならない。喧嘩が何年できるか楽しみでならない。握力などは一分で試すことができるが、自分の忍耐力や文学上の力や強情の度合いなどは、やれるだけやってみないと、自分で自分に見当がつかないものである。それなのに、古来人間はたいてい〈自分を充分に発揮する〉機会がないまま死んだだろうと思われると書いています。

そして、この手紙につぎのようにも書いています。

人間は自分の力も自分で試してみないうちはわからぬものに候《そうろう》。機会は何でも避けないで、そのままに自分の力量を試験するのが一番かと存じ候。

＊29

悩んでいるあいだは何もしていないのと同じである。〈できるかどうか悩んでいる暇があったら、まずやってみなさい〉というメッセージが読みとれます。

この言葉からは行動することの重要性とともに、〈自分を信じること〉の大切さも感じとることができます。自分を信じることができなければ、行動することはむずかしい。何事も結果が出るには時間がかかります。それならば、悩んでいる時間を挑戦する時間に充てたほうが、よほど有意義で幸せな生き方ができます。

大きな仕事をした人は、おそらく同じような思いを抱いているのではないかと思います。

野球のイチロー選手も、最初からメジャーリーグで成功するという確信があったわけではないと思います。しかし挑戦しないかぎり、失敗か成功かはわからない。自分を信じて海を渡り、一打席一打席挑戦を積み重ねたら、メジャーの年間安打記録を更新し、通算四〇〇〇本安打を突破してしまいました。

漱石は「目の前の機会は避けずに挑戦しなさい」と言っていますが、これを私なりに言い換えると、「来た球は打て」になります。

長嶋茂雄さんはバッティングの極意は「来た球を打つ」ことにあると大真面目に言っています。ストライクの球だけでなく、ワンバウンドになりそうな球でも自分にとってそれがいい球なら、それは自分にとってのストライクだと言い切って、敬遠のボールを打ってホームランにしてしまうような選手でした。

私も来た球を打つことをくりかえしていたら、本を五〇〇冊以上出すことになり、早起きが苦手なのに午前三時に起きて、平日のテレビの情報番組で二時間半のＭＣまでやることになりました。来た球を打つと、自分の可能性が広がり、自分が何ができるのかがわかってくる。自分で自分のストライクゾーンを狭めてはいけないというのが私の実感です。

真面目というと自分を守るイメージがありますが、機会があったらどんどんやってみる。胆力をもって自分をさらけ出してチャレンジしてみる。それこそが真面目ということです。びびって防衛的になっている人は、本当の真面目ではない。かのエジソンもふつうならこんなものはできるはずがないというものを生み出すことに挑戦して成功したわけです。

漱石にしてもイチロー選手にしても、長嶋さんにしてもエジソンにしても、〈真面目のスケールが大きい〉のです。

12 孤独は少しも怖くない

漱石は『素人《しろうと》と黒人《くろうと》』という随筆のなかで、素人というのは部分的な研究や観察には欠けているが、そのかわりに大きな輪郭に対しての第一印象は、黒人（玄人）よりも鮮やかに把握できる。富士山の全体は富士山を離れたときにのみはっきりと眺められるように、素人は玄人のようなこまかい鋭さはないかもしれないが、全体を一目で把握する力は「靡爛《びらん》した黒人の眸《ひとみ》」よりも溌剌《はつらつ》としていると書いています。

創業者である以上、その人は黒人《くろうと》でなくって素人《しろうと》でなければならない。人の立てた門を潜《もぐ》るのでなくって、自分が新しく門を立てる以上、純然たる素人でなければならないのである。

＊30

漱石は、昔から大芸術家は守成者《しゅせいしゃ》（創業者のあとを受け継いで、その事業を固め守る人）であるよりも多くは創業者であるから、人の建てた門をくぐるのではなく、自分が新しく門を建てる（創業する）からには素人でなければならないと説いています。

一般社会でいえば、創業はそれまで誰も手をつけていなかった分野や業態ですから、そもそも誰もが素人なわけです。反対に玄人だと、知識や経験がじゃましてびびってしまい、開拓に踏み込んでいけないというケースも少なくありません。

たとえば歴史学者は意外に通史を書きにくいと言われます。なぜかというと、たとえば時代時代で中世の専門家、近世の専門家がいますし、同じ中世でも支配階級の専門家、土地制度の専門家などがいますから、通史を書こうとしても他の人の領域に踏み込むことを躊躇してしまうからです。

その点、予備校の教師は、必ずしも大学で歴史学を学んだとは限りませんが、歴史教科が得意で、高学歴の人が教えています。受験勉強は通史をやるわけですから、その人たちが書いた歴史の参考書のほうがわかりやすい場合があります。

たとえば『荒巻の新世界史の見取り図』は非常にわかりやすい本です。著者の荒巻豊志《とよし》さんは予備校の講師ですが、大学を出て松下政経塾を卒業した方です。純然たる素人とはいえませんが、歴史学者を玄人とするならば、荒巻さんは素人になります。その〈素人としての本領〉を発揮して通史をものにしています。

創業する人は、できあがっている体系をちがう視点から壊していく人なのかもしれません。テレビ番組でご一緒しているビートたけし（北野武）さんはまさにそういう人です。たけしさんは映画が大好きなのですが、映画業界でアシスタント、助監督、そして監督という道をたどったわけではありません。いわば映画業界的には素人だったたけしさんが、それまでにない視点から映画に新風を吹き込んで世界的な評価を得ることになりました。

私が東大の法学部を卒業したとき、同窓生はみんなすごく優秀で真面目な人たちで、卒業後に大きな組織に入って立派な仕事をする人がたくさんいました。しかし、そんなかにあって組織に属することを選ばずに創業する人もいました。彼らの活躍を見ていると、世の中に与えるインパクトがちがいます。

もちろん組織のなかで創業的なことをなしとげる場合もあります。企業にとって新規事業を創りだすことは永遠の課題です。そのようななか、企業を飛び出すのではなく、企業に身をおきながら起業家精神でもって新規事業を興す「企業内起業」が注目を浴びています。

企業内起業は既存のミッション（使命）と異なることをおこなうわけですから、既存の事業や会社の強みといった観点をいったん頭からリセットしなければいけないのですが、プロフェッショナル（玄人）にはそれがなかなかできない場合が少なくありません。そんなときに力を発揮するのが〈既存〉にとらわれていない〈素人〉です。

さて、漱石という人は弟子に対してたくさんの手紙を書いていて、本当に優しい人だなと思わされます。第1章でとりあげたように、弟子の一人の森田草平はうつ状態にありました。そんな森田を漱石は、こう励ましています。君の文章には君くらいの年齢の人にしてはと思うような警句がところどころある。それだけでも君は一種の宝石を有している。君の批評を見ると、ふつうの雑誌記者などよりもはるかに見識が見える。よく読んでいる。なぜ萎縮するのか。悩んでいないで死ぬまで進歩するつもりでやりなさい。

すべてやり遂げてみないと、自分の頭のなかにはどれくらいのものがあるか自分にもわからないのである。君なども死ぬまで進歩するつもりでやればいいではないか。＊31

つづけて漱石は、作品に対したなら、一生懸命に自分のあらん限りの力を尽くしてやればいいではないか。後悔するのはかまわないが、それは自分の芸術的良心に対しての話で、世間の批評などに対して後悔する必要はない。君は自分のことを小さい小さいと嘆いているが、ちょっと弱いのではないか。君は「我が立ってい」る（自分の本領を見つけている）にもかかわらず、それでも小さい小さいと嘆くのは、心のどこかでうそをついているからだと鋭く突いています。

漱石という人は、自分が大作家になったからえらいと思っている人間ではありません。誰でも死ぬまでやりつづけなければならないのであって、自分はそれをやり切っただけだ。それを国民的作家と評価するかどうかは人の問題であって、自分にはかかわりのないことだという覚悟があります。

森田草平は結果的に大文学者、大作家にはならなかったかもしれませんが、漱石は、自分よりえらくなった、えらくならなかったは関係がない、そんなことより〈自分の人生を生きよ〉。それが真面目ということなのだと説いているわけです。

漱石は文学博士号授与を辞退するなど、世間の価値観より自分が「よし」とする価値に重きをおいて生きた人です。たぐいまれな才能の部分での面白さはもちろんですか、漱石自身の生き方を作品（小説）から読み取るというのも、漱石の読み方の一つです。

漱石名言集のたぐいでよくとりあげられる「君は自分だけが一人坊《ひとりぼ》っちだと思うかも知れないが、僕も一人坊っちですよ。一人坊っちは崇高《すうこう》なものです」も、漱石の中編小説『野分《のわき》』にある言葉です。

三人の登場人物の一人、道也先生が高柳君に言った言葉ですが、なぜ一人ぼっちが崇高なのか、高柳君には理解できませんでした。そこで、道也先生は「それが、わからなければ、とうてい一人坊っちでは生きていられません」と前置きしてつぎのように語ります。

君は人より高い平面にいると自信しながら、人がその平面を認めてくれないために一人坊《ひとりぼ》っちなのでしょう。しかし人が認めてくれるような平面ならば人も上ってくる平面です。
＊32

〈誰もが認めるような平面に安住するな〉というメッセージです。

平面を〝レベル〟と言い換えると、平凡なレベルならば他の人も上がってこられるので、一人ぼっちには、なりたくてもなれません。しかし、自分は誰も上がってこられない高いレベルにいるという自信があるのなら、結果として一人ぼっちになるのはしようがない。その孤独は崇高なものなのだから、一人ぼっちを覚悟しなさい、一人ぼっちを誇りなさいと説いています。

ニーチェも『ツァラトゥストラはかく語りき』のなかで、漱石と似たようなことを書いています。

「私は、君が毒ある蠅《はえ》どもの群れに刺されているのを見る。逃れよ、強壮な風の吹くところへ。逃れよ、君の孤独の中へ。君は、ちっぽけな者たち、みじめな者たちの、あまりに近くに生きていた。（略）彼らに向かって、最早《もはや》腕をあげるな。彼らの数は

限りが無い。蝿たたきになることは、君の運命でない」（『ツァラトゥストラ』手塚富雄訳、中公文庫）

ニーチェのこの言葉を漱石流に言い換えると、誰もが上がってこられるレベルに安住していると、安住のように見えながら、同じレベルにいる者たちをたたき落とすことに躍起になる。だから、孤独を怖れずに異なるレベルで生きる覚悟を決めなさいとなります。

私自身、論文などが評価されずに三十歳を超えても無職の時代がつづきました。そうではありましたが、自分は世間の評価とは別のレベルにいると思っていたので、「一人坊《ひとりぼ》っちは崇高なものです」「逃れよ、君の孤独の中へ」という言葉を胸に刻んで苦にしませんでした。

「誰もが認めるようなレベルにはいないからこそ一人坊っちなのです」「孤独は崇高なものです」を心の標語にすれば、強く生きられます。

漱石が説いたのは、進んで孤独になりなさいではなく、真面目に本気でやると、孤独を抱えることがあるということです。本気で仕事をしていると、他の人の仕事が下手に見えてしようがない、何でこうやらないのかと、じれったく思うことがありますが、こんな感覚を抱くのは、人とは異なるレベルにいる証しでもあります。

13 熱く語れ

漱石の門人に小宮豊隆という人がいます。東京帝大独文科に入学したあとに漱石の門人となり、のちに東北帝大教授や東京音楽学校（現・東京芸術大学）校長をつとめています。

学生の小宮は漱石の門下生になったのはいいのですが、寺田寅彦、森田草平、芥川龍之介、内田百閒《ひゃっけん》、鈴木三重吉、久米正雄、松岡譲、野上豊一郎、津田青楓《せいふう》ら門人たちのなかに知り合いがいないうえに、生来の引っ込み思案がわざわいして終始、黙っていました。それを心配した漱石は小宮に手紙を書いています。

「みんなが遠慮なく話しをするのを聞いているほど愉快はない。僕は木曜日を集会日と定めたのをいいことと思う」と前置きして、つぎのように小宮に呼びかけています。

君は一人でだまっている。だまっていても、しゃべっても同じことだが、心に窮屈なところがあってはつまらない。平気にならなければいけない。
＊33

私（漱石）のところへ来る人はみな恐ろしい人ではない。君が黙っているから、みんなが口をきかないだけだ。二、三度顔を合わせればすぐに話ができる。話せば面白くなる。そういう私も昔は内気で大いに恥ずかしがったものだ。今でもある人はそんなふうに思っているようだが、ところが大違いで、外面こそ同じだが、内心はどんな人の前でもなんとも思わない。

学校などで気にくわない教師がいれば、フンと言って鼻であしらっている。それでいいのだよ。自分の心が高雅《こうが》だと、下等なことをする者などは自然と眼下に見えるから、ちっとも臆する必要はない。こんな気焔《きえん》を吐くのも、木曜日に君に話させようと思うからだ。「また来るときは大いに弁じ（話し）たまえ」

漱石の優しさが感じられる手紙です。臆せずに自分をさらけ出しなさい、自分の本領でもって人に対しなさいと言っています。

福沢諭吉は自分の子どもがアメリカに留学するときに「シャイネスのそしりを受けないように」と注意しています。「シャイネスのそしり」は「恥ずかしがり屋という非難」という意味です。あとは「体を大事にしろ」、この二つしか諭吉は言っていません。

恥ずかしがったり気後れしてはいけない。自分の本領を発揮してみせる、腹をかち割って見せてやるぐらいの根性でやりなさい。思いやりのこもった漱石の手紙ですが、そのメッセージには熱いものがあります。

さて、明治は新しい世になっておびただしい量の情報が行き交った時代ですが、漱石の文章に情報という言葉はほとんど出てきません。漱石の時代には情報という言葉があまり流布《るふ》していなかったからかもしれませんが、そもそも漱石は無味乾燥の情報を重んじていませんでした。

冷《ひ》やかな頭で新しいことを口にするよりも、熱した舌で平凡な説を述べるほうが生きていると信じています。血の力で体《たい》が動くからです。

＊34

右の言葉は小説『こころ』のなかの一節です。

漱石は、冷徹な頭で新しいことを口にするよりも、言い尽くされたことであってもいいから、相手に影響を与え、感化するような熱い言葉で語ることを大切にしていました。

知ったかぶりをして新しいことを語るのはやめなさい。「言葉が空気に波動を伝えるばかりでなく、もっと強い物にもっと強く働きかけることができる」熱い言葉で語りなさいと説いています。

本気で言っている人の熱い言葉は心に入ってきます。同じ言葉を発しても、この人が言うと一言一言に重みがあるという経験は少なからずあると思います。腹の底から発する言葉は、あたかも相手の〈血を沸騰させる〉ような働きがあります。

職人気質《かたぎ》の人は寡黙な人が多いのですが、たまにほんの一言、ぼそっと言ったことがぐっと心に入ることがあります。その言葉は、ひたすら真面目に自分の人生を賭けて仕事に励んできたあかつきに発せられたものなので、心に訴えるものがあるわけです。

企業の採用担当者に聞くと、大学生がとりつくろって言った言葉はすぐに見抜けるそうです。面接のために練習してきた学生の話は、聞いていて訴えるものがないので、自分の言葉で話していない学生は採用を見送ることが多いといいます。自分の言葉でちゃんと話せるか、本気で言っているか、熱い思いのあるなしはいやでも人に伝わるものです。

世の中にある歌の八割以上がラブソングだと言われます。それらの歌詞が言っていることを突きつめれば、アイ・ラブ・ユーしかありません。ほとんどの歌詞は言いたいことに大差はないのに、たとえば新沼謙治さんが『嫁に来ないか』を歌うと、あの人の人格と声が一致して、東北のにおいがしてきて心を動かされます。歌手は自分の熱い思いを伝えられる人でないと成功しません。

14 理想を心に植えつけなさい

漱石はニーチェの著作をよく読んでいました。明治38年、漱石は『吾輩は猫である』を執筆中にもかかわらず、『ツァラトゥストラはかく語りき』の英訳本と格闘していました。

『漱石の「猫」とニーチェ——稀代《きたい》の哲学者に震撼《しんかん》した近代日本の知性たち』（杉田弘子著、白水社）という本を読んだことがありますが、この本によると、『吾輩は猫である』

にもニーチェの影響があるそうです。

漱石は自身の療養記である『思い出す事など』のなかで、「ニーチェは弱い男であった。多病な人であった。また孤独な書生であった。そうしてザラツストラ（ツァラトゥストラ）はかくのごとく叫んだのである」と書いています。

今の青年はことごとく「自我の主張」を根本義にしている。それほど世の中は切りつめられたのである。それほど世の中は今の青年を虐待しているのである。

＊35

ニーチェはキリスト教的世界観が重くのしかかって人間を圧迫している状況を取り払わなければならないと思っていました。

一方、漱石は明治の日本にあって、今の青年は、筆をとっても、口を開《あ》いても、体を動かしても、すべてにおいて自我の主張が根底にある。自我の主張というのは字句どおりに受け止めれば自己中心的に聞こえがちだ。しかし、自我を主張してとどまるところを知らないまでに彼ら青年を追いつめたものは今の世間である。ことに今の経済事情である。自我の主張の裏には、首を縊《くく》ったり身を投げたりするのと同じ程度に悲惨な煩悶が彼らにはあるのである、と説いています。

前ページの言葉は、非正規雇用が増え、奨学金の返済に追われて結婚もままならないという今の時代にそっくり当てはめることができるように思います。

漱石のこのメッセージは、裏を返せば、〈自分の本領〉を発揮するのは容易ではないが、世間の制約にたじろいではならない。青年たちよ、立ち止まらずに〈自分で考え、自分で行動する〉ことに賭けなさい。それが〈真面目〉ということだと説いていることにもなります。

私は教職課程で教育学を教えているので卒業生に教員が多いのですが、彼らは、経済的見返りはほとんどないのに土日まで部活に付き合っています。それでも彼らは「教職は最高」だと言い切っています。彼らを見ていると、いい教師になるという〈理想〉があって〈迷いがない〉のはこんなにも幸せなことなんだと実感します。

漱石は小説『野分』のなかで、自分がどれほどに自分の理想を現実にできるかは自分自身にさえわからない。過去がこうであるから、未来もこうであろうと臆測するのは、今まで生きていたから、これからも生きるだろうと速断するようなものである。「成功を目的にして人生の街頭に立つものはすべて山師《やまし》である」と書いています。

理想のあるものは歩くべき道を知っている。大いなる理想のあるものは大いなる道をあるく。どうあってもこの道を歩かねばやまぬ。迷いたくても迷えんのである。魂がこちらこちらと教えるからである。
*36

理想があれば、それを実現するためにどの道を歩けばいいかがわかるから、迷いたくても迷えない。「魂がこちらこちらと教えるからである」という表現が面白いですね。大きな理想を持ったときには魂がそちらに向いているので迷いようがありません。あとは〈来た球を打つ〉だけです。〈自分の本領〉を発揮して経験値を積み重ねるだけです。迷いがないと人生が豊かになります。

私の教え子たちが集まって語り合う場で、まわりの同僚も教職は最高だと思っているのかと訊いてみると、いや、隣の席の同僚はうつ病で休んでいますという答えが返ってきました。かたや教職は天職だと言い、かたや病気になってしまう。そうなるかならないかは仕事の内容にはよりません。この道で自分は行くという覚悟が定まるかどうかにかかっているのです。

仕事が仕事とは思えない、これでお金をもらっていいんだろうかと思えたときは道楽が仕事になったようなもので、たいへん幸せになれます。

漱石は同じ『野分』のなかで、諸君は理想を持っていない。父母を軽蔑し、教師を軽蔑し、社会に出ては紳士を軽蔑している。軽蔑できるのは見識があってのことだが、軽蔑し得るためには自分に大きな理想がなければならない。何の理想もなくして他を軽蔑するのは堕落である。だから、今の青年は日に日に堕落しつつあるとして、つぎのように書いています。

理想は諸君の内部から湧き出なければならぬ。諸君の学問見識が諸君の血となり肉となり、ついに諸君の魂となったときに、諸君の理想はできあがるのである。付焼刃《つけやきば》は何にもならない。 ＊37

小説のなかの言葉ですが、漱石の考えがよく出ていると思います。夢物語のような理想ばかりを語って努力しない。そんな付け焼き刃の理想はすぐに折れてしまう。学問、見識が血となり肉となり、魂に植えつけられたとき、はじめて理想ができあがる。夢見がちな、うわついたことを言っているようでは真面目とは言えないということです。

学校の勉強だけを勉強だと思っていると、魂にまでは達しません。高校までの勉強は必要ですが、そこから本格的な勉強がはじまると思って勉強しはじめるのが大切で、仕事を持つようになってからも学びつづける。このように人生の勉強を深めていくことで理想はできてくる。だから理想が持てない人は、人生の勉強が足りないと漱石は言っていることになります。

「理想は高く掲げよ」と言いますが、〈人生の教師〉漱石に言わせれば、〈理想は魂にまで深く植えつけよ〉となります。

さて、漱石は手紙で芥川龍之介にアドバイスしています。あなたの作品はたいへん面白いと思う。落ち着きがあり、ふざけておらず、自然そのままのおかしみがおっとりと出ていて上品な趣きがある。それに材料が非常に新しいのが眼につく。文章が要領を得てよく整っている、と手放しで褒めています。しかし、褒めっぱなしで終わらないのが漱石です。

敬服しました。ああいうものをこれから二、三十並べてご覧なさい。文壇で類のない作家になれます。ずんずんお進みなさい。群衆は眼中に置かないほうが身体の薬です。
＊38

『鼻』だけではおそらく人の目に触れないだろうから、ああいうものを二十、三十と並べてみなさい。そうすれば文壇でたぐいまれな作家になれますと言っています。

その後の芥川龍之介の軌跡をたどると、芥川はこの漱石のアドバイスどおりにやっています。『今昔物語集』に題材をとった『鼻』や『芋粥《いもがゆ》』からはじまって、その後、〈ずんずん〉創作して『地獄変』などの名作を数多く作りあげ、芥川賞という自分の名前を冠した文学賞がのちにできるような大作家になりました。

芥川の作品は気品があって、本当に美しい作品ですから、漱石がアドバイスしてくれてよかったと思います。漱石が群衆には目もくれずに「ずんずんお進みなさい」と言ってくれたから、芥川は勇気を持って創作を進められたと思います。もし芥川が自分の仕事を疑ってしまったら、二十編も三十編も書かなかったかもしれません。あるいは芥川は器用で頭のいい人ですから、ほかのスタイルでどんどん書いて、〈自分の本領〉を曲げていたかもしれません。

論文などでもそうですが、一編はいいものが書けても、そこで終わってしまう人がいます。せっかく自分の本領を発揮しはじめたのだから、そこで終わらせずに持続することが求められます。〈持続する力〉、それが〈真面目力〉です。

【第2章　引用文の出典】

＊21『私の個人主義』
＊22『私の個人主義』
＊23『私の個人主義』
＊24『私の個人主義』
＊25『私の個人主義』
＊26『私の個人主義』
＊27『私の個人主義』
＊28『模倣と独立』
＊29 明治39年7月2日付け高浜虚子宛て書簡
＊30『素人と黒人』
＊31 明治39年2月15日付け森田草平宛て書簡
＊32『野分』
＊33 明治39年11月9日付け小宮豊隆宛て書簡
＊34『こころ』
＊35『思い出す事など』
＊36『野分』
＊37『野分』
＊38 大正5年2月19日付け芥川龍之介宛て書簡

第3章

生き切っていますか

15 食らいついてでも生きなさい

漱石は明治維新（明治元年）の前年、慶応3年（1867）の生まれです。しかし、生後まもなく四谷の古道具屋に里子に出されてすぐに連れもどされたり、内藤新宿の名主の養子になり、二十一歳のとき夏目家に復籍するなど、必ずしも幸せな生い立ちではなかったように思えます。

十歳のときに西南戦争が起こり、日清戦争、日露戦争、第一次世界大戦とつづき、第一次世界大戦中に四十九歳で亡くなっています。ほぼ五十年という人生は当時の寿命からすれば平均だったわけですが、現代からすると短いその人生は激動の時代とともにありました。

そんな漱石にとって〈生き切る〉ことは人生最大のミッション（使命）でした。

漱石は自身の体験をもとにした『倫敦塔《ロンドン》』という中編小説で、「(死を怖れるからという理由ではなくして) 生まれて来た以上は、生きねばならぬ」と書いています。

漱石は明治33年（1900）10月に文部省派遣の留学生としてロンドンに渡ったとき、到着の数日後に倫敦塔を訪れました。塔内を歩いてまわるうちに余（漱石）の心の内からしだいに二十世紀のロンドンが消え去り、カンタベリー大司教でのちに処刑されたトマス・クランマー、十三年間にわたって幽閉された作家・詩人であり探検家でもあったウォルター・ローリー、幽閉されたあと暗殺されたエドワード五世とヨーク公リチャード、わずか「九日間の女王」だったジェーン・グレイなど、幻《まぼろし》のように過去の歴史がよみがえってきます。

生まれて来た以上は生きねばならぬ。あえて死を怖るるとは云わず、ただ生きねばならぬ。古今にわたる大真理は彼らに誨《おし》えて生きよと云う、あくまでも生きよと云う。 ＊39

漱石は書いています。生きなければならないというのはキリストや孔子以前からの道であり、キリストや孔子以後の道である。なんの理屈もいらない。「ただ生きたいから生きねばならぬのである。すべての人は生きねばならぬ」。幽閉された人々は遅かれ早かれ死ぬ運命にあったが、それでも古今にわたる真理は彼らに「あくまでも生きよ」と呼びかけている。

漱石にとって、何があっても生き切ることが〈真面目〉ということでした。「生まれてきた以上は生きねばならぬ。人は生きねばならぬ。あくまでも生きよ」、それが真面目、大真面目の根本にあるものです。

この根本を忘れると、迷いが高じて死にたくなったり、生きる気力を失うことになりかねません。悩んだあげくに生きる力を失うとしたら、真面目をとりちがえていることになります。

生まれてきた以上は生きなければならないということが基本にあるとすると、それは「食」と「生殖」に集約されます。食べて子孫を残すのが生物のミッションですから、どの動物も死ぬまで必死に生きていて、〈不真面目な動物〉はいません。

私は「ダーウィンが来た！」というNHKの動物番組をよく見るのですが、マイコドリという鳥は仲間の師匠についてオスが踊りを習い、それがメスに認められないと、つがいになれません。そのために何年もかけて大真面目に踊りを習います。踊りのリズムが少しでも乱れると、メスは飛び去ってしまいます。

カマキリはメスのほうがオスよりも大きく、交尾の最中やあとにメスがオスを食べてしまうことがあります。人間から見るとなんだこれはと思いますが、彼らは大真面目です。

動物には真面目力があるわけですが、動物のなかで人間だけは、生きることを甘く考えて、生きるエネルギーをロスしているような気がします。「はじめに」で今どきの学生は本当の意味での真面目さに欠けているのではないかと書きましたが、漱石が言う「あくまでも生きよ」は、いわば〈生物としての真面目さにもどれ〉ということです。漱石が説いているのは、仕事がどうだ家庭がどうだというレベルではなく、〈食らいついてでも生きていけ〉ということです。

現代の日本は〈生きている実感〉がどんどん薄れていっているように感じます。引きこもりやパラサイトが問題になっています。独立してやってみないことには生きることの大変さはわからないのに、住むところもあり、食べることにも不自由しないとなると、生きている実感からどんどん遠ざかってしまいます。〈とにかく生きよ〉というメッセージが届きにくくなっている今、漱石のこの言葉を今一度、胸に刻むべきだと思います。

16 傍観者になるな

第1章で作家志望の女性が漱石を訪ねてきた際の漱石の言葉を『硝子戸の中』から

とりあげましたが、この随筆には、自分がこれまで経験した悲しい歴史（失恋なのでしょうか）を書いてくれないかと頼みにきた女性の話も書かれています。

「私は今持っているこの美しい心持が、時間というもののためにだんだん薄れて行《ゆ》くのが怖くってたまらないのです。この記憶が消えてしまって、ただ漫然と魂の抜殻《ぬけがら》のように生きている未来を想像すると、それが苦痛で苦痛で恐ろしくってたまらないのです」と女性は訴えます。

これに対して漱石は、この「女が今、広い世間《せかい》の中にたった一人立って、一寸《いっすん》も身動きのできない位置にいることを知っていた。そうしてそれが私の力で、どうする訳にもいかないほどに、せっぱ詰まった境遇であることも知っていた」と書いて、さらにつづけます。

「もう十一時だから御帰りなさい」「夜が更《ふ》けたから送って行って上げましょう」と言って往来へ出ると、曲がり角のところで女はちょっと会釈して、「先生に送っていただいてはもったいのうございます」と言った。「もったいない訳がありません。同じ人間です」と漱石は答えた。

そして次の曲がり角へ来たとき女が「先生に送っていただくのは光栄でございます」と言うと、漱石は「本当に光栄と思いますか」と真面目に尋ね、女は簡単に「思います」とはっきり答えた。そこで漱石はつぎのようにきっぱりと言います。

そんなら死なずに生きていらっしゃい。 ＊40

私はこの話が非常に好きで、漱石の人柄がよく出ていると思います。こんなふうに人に誠実に対する漱石という人は本当に真面目、大真面目な人だったのだなと改めて思わされます。

漱石は腹の底から真面目なので、悲痛をきわめた女性を前にして傍観者になれない。私に見送ってもらうのを光栄と思うなら、死なずに生きていらっしゃい。私に対して光栄と思う気持ちがあるのなら、私のためにも死なずに生きていらっしゃいと諭します。

縁もゆかりもない人に四回も五回も会い、しかも、死なずに生きていらっしゃいとは簡単に言えるものではありません。しかし、漱石は相手の悩みを深いところで受け止めているので、真剣勝負の言葉を吐いているんですね。〈魂と魂をぶつけ合い〉、〈深いところで思いやる〉。そして〈生き切りなさい〉と言う。漱石の真面目力があふれています。

漱石は最後にこんなふうに書いています。「苦しい話を聞かされた私は、その夜かえって人間らしい好《い》い心持を久しぶりに経験した。そうしてそれが尊《たっ》とい文芸上の作《さく》物《ぶつ》（作品）を読んだあとの気分と同じものだという事に気がついた」

腹の底から真面目にやれば、すがすがしい気持ちになれるということです。

17 渾身の力で向き合え

漱石は〈生き切る〉とは〈自分の持って生まれた弱点で勝負していくことだ〉と説いています。

持って生まれた弱点を矯正するのは容易ではありませんが、逆に弱点を発揮しつづければいいのだと考えれば、気が楽になります。

もちろん、自分の弱点のために生じるさまざまなことにうんざりしたり、落胆したりすることもありますが、生きるとはそういうものなのだととらえれば、活路が見えてきます。

生きているうちは、普通の人間のごとく私の持って生まれた弱点を発揮するだろうと思う。私はそれが生だと考えるからである。

＊41

右の言葉は大正3年11月に林原耕三（東京帝大在学中から漱石に師事）に宛てた手紙の言葉です。漱石はこのなかで「私は今のところ自殺を好まない。おそらく生きるだけ生きているだろう」と書いています。自殺を考えたり悲観する人は、自分はなんて駄目なんだろう、なんて弱いのだろうと自分のことが嫌いになっているケースが少なくありません。他の人を嫌いになるのはまだしも、自分のことが嫌いになってしまうとしたら、こんな不幸なことはありません。

真面目に生きるとは「持って生まれた弱点を発揮しつづける」ことだというふうにとらえれば、自分の弱点が出てしまうとしても、それが生きるということなのだから、気にしていてもしようがないと割り切ることができます。

〈弱点もまた人格のうち〉〈弱点もまた生のうち〉ということです。

漱石は「私は自己本位という言葉を自分の手に握ってから大変強くなりました」とロンドンで自分の〈鉱脈〉を掘り当てたことを先にとりあげましたが、ロンドンから畏友《いゆう》の正岡子規に送った日記形式の手紙（『倫敦消息』）にも、漱石の〈覚悟〉が書かれています。

国に帰ればふつうの人間が着る物を着て、ふつうの人間が食うものを食って、ふつうの人が寝るところに寝られる。少しの我慢だ、我慢しろ我慢しろ、と独言《ひとりごと》を言って寝てしまう。寝てしまうときはいいが、寝られないでまた考え出すことがある。

こんなふうに漱石は落ち込んでいましたが、国に帰れば楽ができるからそれを楽しみに辛抱《しんぼう》しようというのは、はかない考えだということに思い至ります。

> **前後を切断せよ、みだりに過去に執着するなかれ、いたずらに将来に望みを属《しょく》するなかれ、満身の力をこめて現在に働け。**
>
> ＊42

過去のことに縛られたり、未来のことを不安がったりして、自分からチャンスを逃すことがないように〈今に向き合え〉〈自分に向き合え〉ということを言っています。

禅宗では「前後際断《さいだん》」ということを言います。前後の際《きわ》を断つという意味で、前の心を捨てないことも、今の心を後に残すこともよくない。だから前と今との間を切ってしまえということです。前の心が後に尾を引かないように切り離して、心をとどめない心がけを言ったものですが、漱石の言う「前後を切断せよ、みだりに過去に執着するな、将来に望みを属するなかれ」に通じるものがあります。漱石は鎌倉の円覚寺《えんがくじ》に参禅（漱石はこのときの体験を小説『門』に描いた）するなど、禅の根本精神をよくわかっていました。

禅では〈今を生き切る〉ことに集中すれば迷いがなくなると説きます。たとえば自分の呼吸に集中するのもその一つです。漱石は呼吸とまでは言っていませんが、〈満身の力を込めてやりなさい〉というのは、ある種の〈集中〉です。

漱石と同じ年に生まれた幸田露伴。露伴は少女時代に母親と死別した娘の文《あや》に、口やかましく料理から掃除までさまざまなことを叩き込みました。文はエッセイ『なた』で薪割りについて露伴から教えられたことを回想しています。「薪割りをしていても女は美でなくてはいけない、目に爽かでなくてはいけない」「えいと（鉈《なた》を）切りおろすのだ。一気に二ツにしなくてはいけない」「二度こつんとやる気じゃだめだ、からだごとかかれ、横隔膜をさげてやれ。手の先は柔らかく楽にしとけ。腰はくだけるな。

木の目、節《ふし》のありどころをよく見ろ」

文は薪割りを通して「父の教えたものは技ではなくて、これ渾身《こんしん》ということであった」と書いています。〈何事にも力の出し惜しみをするな〉という露伴の薫陶《くんとう》は、漱石の〈満身の力をこめて現在に働け〉に通じるものがあります。満身の力でやっているのだから、それ以上、心配したり期待する必要はない。それが真面目に生きることなのだというのが漱石のメッセージです。

18 アクセルを踏め、ブレーキをかけるな

『三四郎』『それから』『門』は漱石の前期三部作と言われています。

『三四郎』では立身出世を目指して上京したものの迷える子羊（ストレイ・シープ）となる三四郎。『それから』では定職につかずにいる代助が親友の妻を奪おうとし、『門』では親友から妻を奪った宗助が、その罪悪感から夫婦で社会から逃れるようにひっそりと暮らす苦悩や悲哀が描かれています。

その『門』につぎのような一節があります。

敲《たた》いても駄目だ。独《ひと》りで開《あ》けて入《はい》れ。　＊43

親友の妻を奪った宗助は、その罪ゆえに救いを求めて鎌倉で参禅しますが、仏門に入ろうかどうか迷って入れないまま帰宅します。宗助は門を開けてもらいに来たのに、門番は扉の向こう側にいて、敲《たた》いてもついに顔さえ出してくれなかった。ただ「敲いても駄目だ。独りで開けて入れ」という声が聞こえただけであった、と書かれています。

仏門というものは入れてもらうものでも、人に勧めてもらうものでも、人に招き入れてもらうものでもありません。自分でこじ開けてはじめて修行に邁進できます。仏門にかぎらず新しい世界に入るときは、自力で開けて入らないといけません。〈本気で取り組むのだったら、なんとしてでも自力で門をこじあけて入れ〉というのが漱石のメッセージです。

禅の極意を説いた話にこんなものがあります。

泥棒稼ぎの老父が盗みの技術を伝授するため、ある夜、息子と豪邸に押し入った。父親は長持ちの中の衣服を取り出させたあと、だまして息子をそこに入れてカギをかけ、大声で「泥棒だ！」と叫んでひとり逃げてしまった。

家人に囲まれて窮した息子は、長持ちの中でネズミが物を囓《かじ》るような音を立てた。家人が何の音かとフタを開けたとたん、息子は飛びだし、庭を横切り、岩を井戸に投げ込んだ。家人が泥棒が井戸に落ちたと思って油断したすきに、息子は屋敷を逃げだして帰ってきた。息子が父親になんということをするのかと抗議すると、いやいや、もうおまえは夜盗術の極意をつかんだのだと言った。

父親はあえて息子を窮地に追い込んで、息子が〈自力〉で脱出するかどうかを試したのです。この話は〈本気でやらないと何もつかめない〉ということを言っています。

漱石は「彼（宗助）は門の下に立ち竦《すく》んで、日の暮れるのを待つべき不幸な人であった」と書いています。〈いい加減なところで妥協したら、道は開けない。手をこまねいて門の前でたたずんでいることほど不幸なことはない〉というメッセージです。

さて、明治34年、ロンドン留学中の日記を読むと、漱石が日本と西洋の狭間にあって、自分がすべきことは何なのかをつかみきれずにいたことがわかります。

3月18日付けの日記につぎのように書いています。

（地球は）吾人《ごじん》の知らぬ間に回転しつつあるなり。運命の車はこれとともに回転しつつあるなり。知らざる者は危《あやう》し、知る者は運命を形づくるを得ん。

＊44

この前段には「吾人《ごじん》の眠る間、吾人の働く間、吾人が行屎送尿《こうしそうにょう》の裡《うち》に地球は回転しつつあるなり」とあります。行屎送尿という表現が面白いですね。便所で用を足すという意味で、そこから転じて、ありふれた日常生活のたとえになっています。

食べたり排便したりしているときにも地球は回っていることを自覚しているか。自覚していない者は危ういが、自覚している者は運命を形づくることができるというのが直接の意味ですが、おそらく漱石が言いたかったのは、日常生活に汲々とせずに、もっと大きな観点から自分を見ることが大切だということだと思います。

裏を返せば、日常に埋没してしまったのでは、生き切ることにはならない、それは不真面目だということです。

「運命」の「運」は天の運行を、「命」は自分の命のことを示していて、天と自分がつながっているとするのが運命という概念なのだそうです。

ヒンドゥー教では梵我一如《ぼんがいちにょ》ということを説いていて、梵（ブラフマン＝宇宙を支配する原理）と我（アートマン＝個人を支配する原理）が同一であり、同一であることを知ることで、永遠の至福に到達しようとする思想のことを言います。

大きな運命と自分がつながっているという考えを自分のなかに持つと、生きることに〈勢い〉が出ます。

19 自分の居場所は自分でつくりなさい

漱石がロンドン到着の数日後に倫敦塔を訪れたことを先にとりあげました。塔の内部を見てまわっているとき、幽閉されていたある者は閑《ひま》にまかせてていねいな楷書で、ある者はくやしまぎれにか、がりがりと壁を掻《か》いてなぐり書きに彫りつけてあるのを目にして、つぎのような感慨をもらします。

> **およそ世の中に何が苦しいと云って所在のないほどの苦しみはない。**
>
> **＊45**

これにつづけて、使えるはずの身体《からだ》が目に見えない縄で縛られて動きがとれないほど苦しいことはない。生きるということは活動しているということなのに、生きながらこの活動を抑えられるのは、生きる意味を奪われたも同然で、その奪われたことを自覚することは、死よりもいっそうの苦痛である。この壁にこのように刻んだ人々はみな、この死よりもつらい苦痛をなめたのである、とあります。

たしかに、やることがない、所在がない、仕事がない、生きている目的がないというのは、とてもつらいことです。

ドストエフスキーはシベリアでの懲役生活を終えたあと、その体験を『死の家の記録』に書いています。

監獄では、強制された苦役であっても、その仕事には目的があった。自分が働く意味を見いだせるから、苦しくとも耐えていける。ところが、たとえば水を一つの桶から他の桶に移し、またそれをもとの桶にもどすとか、土の山を一つの場所からほかの場所へ移し、またそれをもとにもどすというような作業をさせたら、囚人はおそらく、四、五日もしないうちに首をくってしまうだろう、と言っています。

今の日本では、自分の居場所がない、やることがない、やりがいが見いだせないと口にする人がふえています。しかし彼らを見ていると、この世に存在しているかぎりすでに居場所はあるわけですし、監獄にいるわけではないので、やることはいくらでもあるのにと思います。視界が開けるまで追求せずに「やりがいがない」と言って途中で放棄しているように思えてなりません。

倫敦塔で幽閉された者たちは自らの意思に反して閉じ込められたわけですが、現代の、とくに若い人たちは自分が傷つくことを嫌って、みずから自分を所在がないという状況に追い込んでしまっているように思います。

「小人閑居《しょうじんかんきょ》して不善《ふぜん》をなす」という言葉もあるように、苦しい思いをするぐらいなら、仕事でもボランティアでもいいから挑戦してみることが大事です。挑戦すれば、それはそれで苦しいこともあるでしょうが、その苦しさは所在のない苦しさとは質がまったくちがいます。

〈みずからを閉じ込めないで挑戦してみなさい。そうすれば何かが見えてくる。たとえ傷つくことがあっても、それが生きるということだ〉というのが漱石のメッセージです。

さて、漱石の随筆『点頭録』は死去する年の一月に新聞に連載したもので、健康の悪化により中断されたままで終わっています。

そのなかで中国唐代の禅僧・趙州《じょうしゅう》の話を引いています。

趙州和尚という唐の坊さんは、六十一歳になってからはじめて道に志した奇特《きとく》な心がけの人である。南泉《なんせん》という禅坊さんのところへ行って二十年間倦《う》まずに修行を継続したので、卒業したときにはもう八十歳になってしまった。それから観音院に移って、はじめて人を得度《とくど》しはじめ、百二十歳の高齢に至るまでつづけた。

漱石はこの話を引いて、自分は多病だが、趙州が発心《ほっしん》したときよりまだ十歳以上も若い。百二十歳までは生きないにしても、力のつづくかぎり努力すれば、まだ少しは何かできるように思うと書いて、つぎのように言っています。

自分はできるだけ余命のあらんかぎりを最善に利用したいと心がけている。自己の天分のありたけを尽くそうと思うのである。

＊46

漱石という人はどこまでも前向きの人と思わされる言葉です。

多病な身体でまた一年生き延びるにつれて、自分がやるべきことはそれだけ量が増すことになるだけでなく、質においてもいくらか改良されないともかぎらない。だから、天が自分にまた一年の寿命を与えてくれたことは、自分にとってどのくらいの幸福になるかわからない。

死の年の言葉とはとても思えません。

余命のあらんかぎり最善を尽くそうという生き方、これが大真面目、真面目力というものです。絶望なんかしている暇があるなら、天から貸してもらった命を生かすことに力を注いで天にお返しをしなさいというメッセージです。

これからますます高齢者が増えていくというとき、漱石のこの魂のメッセージはとても大きな力を持っていると思います。

20 平気で生きなさい

漱石は明治43年『門』を執筆中に胃潰瘍を患い、6月に病院に入院。8月になって転地療養のために伊豆・修善寺の旅館に滞在します。ところが24日になって大量吐血し(「修善寺の大患」と呼ばれている)、一時人事不省(危篤状態)となったものの一命をとりとめます。

そのほぼ二週間後の日記に、つぎのように書いています。

前夜、禁煙の約束をするが、今朝になって、それほど害にならないものを禁ずる必要もないので、食後に一本ずつにすることにした。東京の病院で一か月半、修善寺に来て一か月、これから何か月かかるかわからない。小宮（豊隆）は「牢に這入《はい》ったと思え」と言うが、私にはこの時間が惜しまれてならない。これにつづけて、つぎのように書いています。

時間を惜しいと思うほど人間に精力が出たのだろう。 ＊47

時間を惜しいと思うようになったのは、自分に人間らしい精力が湧いてきた証しだろうと言っています。「秋風やひゞ《び》の入りたる胃の袋」と、自分の胃が壊れているのを骨董品のように表現したり、「生残るわれ恥《はず》かしや鬢《びん》の霜」と白髪がまじりはじめたのをしみじみと詠んでみたりと、その自在さは二週間前に死線をさまよった人とは思えない気力が感じられます。

この時点で、漱石にとっては、どう生きるかだけではなくて、生きること自体が一大テーマになっています。

私は人間は自分が思っている以上に精力があると思っています。学生に三日間とかの集中講義をする際に、無理やりいろいろな課題を出します。みんな疲れているのに、かえってだんだん元気になってきて、最終日にはとりわけ元気になって、祭りのようにワイワイと終わります。疲れてくるとかえってテンションが上がるということもあるのでしょうが、思っているよりはみんな精力があるのです。

だから、自分で自分に精力がないと思ってしまうのは、もったいないことです。時間がもったいない、この時間を使って何かしたいと思えるような人は、自分には精力があふれているのだ、けっこうエネルギーがあるのだととらえてほしいものです。

漱石の生き方というのは、どこまでも前向きです。自分は精力がないから駄目だ、こんな弱点があるから世の中でやっていけないという後ろ向きの思考をしません。やってもみないで自分は駄目だと自分を追い込んでしまうのは本当の真面目とは言えない。がんじがらめになっている自分を解き放って〈気力・精力を充溢《じゅういつ》させて生きる〉、これが漱石の言う真面目です。

大吐血からほぼ一か月後の日記（9月26日）に、漱石はこんなことを書いています。

今まで横にのみ見たる世界が竪《たて》に見えて新しき心地なり。　＊48

漱石は前日の9月25日の晩、死線をさまよってからはじめて、体を起こして食事をした。そのとき、寝たまま見る世界と上体を起こして見る世界とは異なることを知ったというのです。

視線の位置がちがうのですから、同じものを見ても異なるように見えるのは、あたりまえといえばあたりまえです。しかし、いったんは人事不省におちいった漱石にはある種の感慨があったにちがいありません。

この日の日記には「竪《たて》に見て事珍らしや秋の山」という句もあります。この句からは漱石の畏友であった正岡子規が思い浮かびます。

「病牀《びょうしょう》六尺、これが我世界である。しかもこの六尺の病牀が余には広過ぎるのである」と書いた子規は、狭い病床から見る世界、想像する世界が彼にとってのすべてというなかで俳句や短歌をつくりつづけました。「いくたびも雪の深さを尋ねけり」「瓶《かめ》にさす藤の花ぶさみじかければたたみの上にとどかざりけり」

子規は明治35年5月13日に生死の境をさまよう激痛に襲われました。それをなんとか乗り越えた31日に以下のように書いています。「悟りという事は如何なる場合にも平気で死ぬることかと思っていたのは間違いで、悟りという事は如何なる場合にも平気で生きて居ることであった」。子規はこの年の9月（漱石はロンドン滞在中）に亡くなっています。

子規の言う〈どんなときも平気で生きていること〉、それは漱石が言おうとした〈何があっても生き切ること〉に重なるものがあります。

宮沢賢治は病気から回復したあと、あたりまえに大股で外を歩けるのはものすごく幸福なことだと言っています。病気があったからこそ健康の大事さに気づき、生きていることの大切さに気づき、与えられた命を真面目に生き切ろうというふうになります。

漱石のこの日の日記（9月26日）にはつぎのような一節も書かれています。

残るものは鉄のごとき堅き世界と、磨ぎ澄まさねばならぬ意志と、戦わねばならぬ社会だけならん。余は一日も今日の幸福を棄《す》てるを欲せず。

＊49

病気によってこれまでのことは一朝の夢と消え去ってしまった。残されたものは、鉄のように確固として存在しつづける世界であり、これまで以上に研ぎ澄まさなければならない意志であり、格闘しなければならない社会である。自分はそういう課題というか理想を持っているから、生き延びてふたたび挑戦する機会が与えられたことを幸いに思う。一日たりともこの幸福を捨てることを欲しない、と言っています。

大病を経て、自分がやるべきことをいよいよ自覚したということです。ふわっと生きるのではなく、死を意識していよいよ〈自分の本領〉を意識し、〈生き切る覚悟〉を強めたということです。

ハイデッガーは『存在と時間』のなかで、人間というのは死に向かう存在であって、死を覚悟して生きるのが本来的な生き方であると説きましたが、漱石は大病をして死を意識したとき、一日一日をやり切ることが幸福ということなのだと思い至ったわけです。

漱石は吐血後の療養のために10月になっても修善寺の旅館にとどまっていました。そのときの日記（10月4日）につぎのように書いています。

昼になって障子を開けると、ひさしぶりに澄み切った青空が広がっている。体を拭いてもらうと、垢《あか》がぼろぼろと出る。寝間着を着替えて、よい心地になる。やがて腹が減ったので汁をすする（まだ流動食しか許可されていなかった）。「夜は朝食を思い、朝は昼飯を思い、昼は夕飯を思う。命は食にありと。自然はよく人間を作れり。余は今食事の事をのみ考えて生きている」

漱石は生きることの基本にもどっています。どんな仕事をするかではなく、〈まずは生きることだ〉。病気をして食の大切さがわかった。生きていくには食べなければならない。そんなふうに漱石には、どこかひりひりとした生きる感覚が生じてきたのかもしれません。

漱石は大病する前に、手帳に断片的な教訓のようなものを書きつけています。

人間は朝から晩まで仮面を被《かぶ》っている。ただ飯を食うときだけは仮面をとる。とらねば飯が食えんからである。飯を食うことは仮面よりも大切である。

＊50

飯を食うことは仮面よりも大切である、飯を食うときは誰でも仮面を取るという言い方が面白いですね。

漱石の言う仮面とは何か。漱石は書いています。「仮面の上に御白粉《おしろい》をつけるのがいる。いくらつけても本当の顔はきたなかったそうだ」「えらそうでつまらない仮面がある。学士の仮面である」「博士の仮面は死ぬと消えてなくなるそうだ」。この言い方からもわかるように、仮面とは体面や体裁であったり、肩書や地位を指しています。みんなそれぞれに仮面を着けているが、飯を食うときだけは、誰もが仮面を取る。

すると、そこにはその人の生き物としての素の部分が現れてくる。食事というのは〈素の自分に立ち返る〉ときでもあるわけです。

一緒に飯を食べるというのは、仮面を取り去った〈素の自分〉でお互いに打ち解け合うことになりますから、ビジネスランチの効用もそのあたりにあるのかもしれません。

漱石にとっては、大病によって死を意識して以降、仮面の意味がますますなくなっていったにちがいありません。飯を食べることに人間本来の姿を見て、〈素の自分で勝負する〉ことの大切さを改めて感じたのではないでしょうか。

前章で〈真面目とは本領を発揮すること〉と書きましたが、〈素の自分〉に向き合い、〈素の自分〉で人にも向き合う。それこそ本当の真面目なのだというのが漱石のメッセージです。

21 こぢんまりするな

漱石が手帳に書きつけたものをまとめた『断片』に「不自然は自然には勝てないのである。技巧は天に負けるのである。策略として最も効力あるものが到底実行できないものだとすると、つまり策略は役に立たないということになる。自然に任せておくがいいという方針が最上だということに帰着する」とあります。

自然に任せるといえば、漱石はみずから造語して「則天去私」ということを言っていたとされています（文芸雑誌の文人の座右銘《ざゆうめい》の特集で、漱石はこの言葉をとりあげたとも言われています）。

則《そく》天《てん》去《きょ》私《し》（天に則《のっと》り私《わたくし》を去る） ＊51

「則天去私」とは、小さな私《わたくし》にとらわれず、身を天地自然にゆだねて生きていくという意味になります。

「則天去私」は「自己本位」とともに、漱石の核になる思想と言われています。

自己本位はひらたくいえば「自分という個を大切にすること」、則天去私は「自分を捨て去ること」です。一見矛盾するように思えます。また、人生のなかばで自己本位という核心を得た漱石は、晩年になって則天去私の境地に至ったとされています。

しかし私は、漱石はこの二つの核心を共存させていたのではないかと考えています。

「自分を捨て去る」というのは、自分の感情や欲望などと距離を置いて、自分を含めた世界・社会を客観的に眺めることでもありますから、〈自己の認識を深める方法〉ともいえるもので、自己本位と対《つい》をなします。だから両者に矛盾はないように思います。

小説はどこかで「無私」、つまり私心を取り去らないと、トータルにいろいろな人物を描き分けることができないという側面があります。漱石は文学の試みとして「私を去る」ことにチャレンジしたと見なすこともできます。

「天」といえば、西郷隆盛は「敬天愛人《けいてんあいじん》」ということを言っています。

西郷隆盛は江戸時代の儒学者・佐藤一斎《いっさい》の随想録『言志四録《げんししろく》』から一〇一条を抜き書きして修養の資《もと》にしていました。なかでも「敬天愛人」は座右の銘でした。「敬天愛人」とは、天を大事にして敬え、人を愛せということです。孔子の「五十にして天命を知る」ではありませんが、明治あたりまでの人は「天」というものを意識していました。天を大事にして敬うことは、「私を去る」ところまでいくということでもあります。

自己本位を貫くことは、〈自分の本領を発揮することにすべてのエネルギーを注ぎ込む〉ことです。そのよい例が一流のスポーツ選手です。彼らはしゃにむに邁進して、真剣勝負に集中しています。そこでは「私」が消え去っています。

このように見てくると、「則天去私」は漱石の晩年の枯れた境地ではないと考えられます。漱石はあたかも一流のアスリートのように、死ぬ間際までエネルギッシュで精力的に自己本位を貫いています。

【第3章　引用文の出典】

＊39　『倫敦塔』
＊40　『硝子戸の中』
＊41　大正3年11月13日付け林原耕三宛て書簡
＊42　『倫敦消息』
＊43　『門』
＊44　明治34年3月18日付け日記
＊45　『倫敦塔』
＊46　『点頭録』
＊47　明治43年9月10日付け日記
＊48　明治43年9月26日付け日記
＊49　明治43年9月26日付け日記
＊50　『断片』
＊51　出典未詳

第4章

世の中に立ち向かっていますか

22 試合を放棄してはならない

処世術という言葉があります。「巧《たく》みな世渡りの方法」です。世の中は自分の思いどおりにならないものですが、そのなかで折り合いをつけてやっていかなければなりません。世に処する技《わざ》を持たなければ、人間のいない世界に住まなければならなくなります。

漱石は〈世の中を大人として生きる〉ことをつづけ、大人としての責任を背負いつづけた人です。同じ文学者でも坂口安吾、太宰治、織田作之助らの無頼派《ぶらいは》の人たちは、たとえ生活が乱れていようとも人間の本質を見極めればそれでよしとした生き方をしています。

しかし、漱石は家族や親族を背負い、そして日本を背負うという意識のもと、折り合いをつけながらやった人です。世の中とうまくやっていけるタイプの人間ではないのに、投げ出さずに丹念にていねいに、ときに愚痴を言ったり癇癪《かんしゃく》を起こしながらも処していきました。

世の中を渡るには漱石のような文学者や学者からすると雑事に思われることまでや

らなければならないわけですが、漱石は〈世の中と闘う〉ことから逃げてはならない、〈試合を放棄してはならない〉というメッセージを発信しています。

つぎの言葉は随筆『思い出す事など』にある一節です。

相撲に等しいほどの緊張に甘んじて、日々《にちにち》、自己と世間とのあいだに、互殺《ごさつ》の平和を見いだそうと力《つと》めつつある。

＊52

自活の「計《はかりごと》」に追われる動物という一点から見た人間の生の営みは、相撲の取り組みのように苦しいものである。それでも、家族の衣食を満たすために世の中と格闘して、自分と世間のあいだに「互殺の平和」を見いだそうと努力している、と漱石は書いています。

力士が四《よ》つに組んで土俵の真ん中に立つ姿は、互いに相剋《そうこく》する精神と肉体の均衡を得た象徴で、これを「互殺の和」と言います。互殺というのは互いに刺しちがえるということで、自分も世の中に斬りかかるが、世間も自分に斬りかかってくるというイメージです。

世の中は何もしないで平和に過ごすことはできません。多かれ少なかれ世間と格闘しなければならないわけですが、ときには自分を押し殺さなければならない場合もあります。

自分がやりたいことばかりをできるわけではないのだから、〈闘って闘って痛み分けに持ち込め〉というのが漱石のメッセージです。

この一節の最後に、命のあるかぎり互殺の和を見いだす闘いが一生つづくという苦しい事実に思い至るならば、われらは神経衰弱におちいるべきほどに精力を消耗するために日に生き、月に生きつつあるとまで言いたくなる、と書いています。

実際、漱石はたびたび神経衰弱になっています。

二十七歳のときに鎌倉の円覚寺に参禅しますが、当時も神経衰弱に悩まされていました。子規が亡くなったロンドン滞在中の三十五歳のときにも神経衰弱に悩まされていました。さらに、翌年に帰国したあと神経衰弱が高じ、7月から9月まで妻子が実家に別居する事態にまでなっています。

正岡子規に宛てた手紙（明治23年、二十三歳のとき）に漱石はつぎのように書いています。

この頃は何となく浮世《うきよ》がいやになり、どう考えても、考え直しても、いやでいやで立ち切れず、さりとて自殺するほどの勇気もなきは、やはり人間らしきところが幾分かあるせいならんか。＊53

漱石と子規は一高を卒業後ともに東京帝大に進み、漱石は英文学、子規は哲学ついで国文学の道を歩みます。しかし子規は大学を中退し、いったん松山にもどり、ふたたび東京へ帰ったあとは脊椎カリエスのために床に伏しがちになります。一方、漱石は松山中学から熊本の高校へ転じたこともあって顔を合わせることがむずかしくなり、二人は往復書簡を通じて互いに励まし合うようになります。

漱石という人は超然主義というふうに言われて、世の中を超越しているとも見られていますし、自己嫌悪はさほどないように思われます。しかし、漱石は世の中をよくしたいと思っているので、世の中に立ち向かうほどに、浮世というものが嫌になってしまうことがありました。

式亭三馬《しきていさんば》に『浮世床《うきよどこ》』という作品があるように、日本人には世の中というのは浮世なんだ、軽佻浮薄《けいちょうふはく》なものだという考え方があります。

しかし漱石は軽佻浮薄な世の中に乗っかって生きていくことを「よし」としませんでした。かといってこの世に絶望して自殺するほどの勇気もない。

自殺するには勇気が必要だと漱石は思っているわけですが、人間は生きたいと思うから死に切れない。自殺できないというのは人間らしいことではないのか。〈生きたいという人間の本性に目覚めなさい〉というメッセージでもあります。

真面目ゆえに自分を追い込んで自殺してしまうのは本当の真面目とは言えない。本当に真面目なら、何があっても生きていくという方向へ向かうはずだということです。日本と韓国は自殺が多い国とされています。その理由は世界のなかでも真面目度が高いからだと言われています。

しかし漱石に言わせれば、あなたたちは真面目さが中途半端なのだ。その真面目をもうちょっと突き抜けたら、何があっても生きていこうというふうになるのだから、〈世の中から逃げずに立ち向かってみなさい〉ということになります。

正岡子規は明治28年に日清戦争に記者として従軍したその帰路に喀血《かっけつ》。それから七年間、病牀六尺にありながら、絶望して自殺することなく最後まで生き切りました。ロンドンで苦しんでいた漱石に宛てた子規の最後の手紙は痛切です。

「僕はもーだめになってしまった、毎日訳もなく号泣して居るような次第だ。（略）

実は僕は生きているのが苦しいのだ。（略）書きたいことは多いが苦しいから許してくれたまえ」

子規がこんなふうに苦しみながらも生きようとしているとき、自殺など考えられない、苦しくても生きていかなければならないと漱石は改めて思ったのではないでしょうか。

23 飛び込まなければはじまらない

漱石の門下生に、雑誌「赤い鳥」を創刊するなど日本の児童文化運動の父とされる鈴木三重吉がいます。三重吉は明治34年、東京帝大文科大学英文科に入学し、漱石の講義を受けています。しかし二十三歳のときに神経衰弱をわずらい、静養のために大学を休学します。

この静養中に小説『千鳥』の想を得て執筆、漱石に原稿を送ったところ、推薦を得て雑誌「ホトトギス」に掲載されます。これ以降、漱石門下の一員として中心的な活動をおこなっています。漱石を師と仰ぎ、慕った三重吉は、神経過敏な性質のため何かと気に病んで休学するなど、たびたび漱石を心配させました。漱石三十九歳、三重吉二十四歳。休学中の三重吉に漱石はこんな手紙を送っています。

> **書斎で一人で力《りき》んでいるより、**
> **大《おお》いに大天下に屁《へ》のような**
> **気燄《きえん》をふき出すほうが面白い。**
> ＊54

上田敏も躍動しているし、森鷗外も何かするだろう。「ゴチャゴチャ、メチャメチャ」しているあいだに『猫』が浮き沈みしている（『吾輩は猫である』の執筆で右往左往している）。嬉しいことも悲しいことも眼前の出来事にすぎない。この定めは何十年つづくか知らないが、御陀仏《おだぶつ》となるまでは、まずかくのごとくであろうと思う。だから君も「来学年からぜひ出て来たまえ」と書いています。

自分の殻に閉じこもっていずに、天下に気焔を吐きだすぐらいの気持ちで、自分の思いを〈思い切り世の中に発信してみなさい〉。そのほうがよほど生き生きとしていると思う、と励ましています。

今の世の中は発信ツールに不自由しません。本や映画などの感想をＳＮＳで即座に発信することができます。まさに「天下に屁のような気焔を吐きだしまくっている」

のが現代と言うことができます。

「屁だっていいではないか」と言っているところが面白いところです。こんなことを言ったら問題になるのではないかと考えて〈自分で自分を萎縮させるな〉ということです。

もちろん、あまりうかつなことを発信すると炎上しかねませんが、私は総じて多くの人がそれぞれの意見を発信するのはいいことだと思っています。

かつては限られた人しか発信できなかったのが、今はみんなが手軽に発信できます。ツイッターは「ばか発見器」のように言われますが、そういう面があるにしても、気焔を吐くにはもってこいのツールです。

私自身、ネット・ニュースでコメント欄を見ていて、なんだかんだ言って世間というものは常識があるなと思うこともありますし、本のレビューを見ていても、素人なのに本当に詳しいなと感心することがあります。

私はミステリーが好きなのですが、どの本を買おうかなと思って、レビューをはしごしていると、詳しくアドバイスしてくれているレビューを見つけることができます。その作家だったらこの順番で読んだほうがいいとか、まちがってもこの作品から読んではいけませんとか、親切な人がいるものだなと思います。

漱石は鈴木三重吉に宛てた別の手紙でも、世の中に立ち向かおうとすれば神経衰弱になるのはあたりまえだと励ましています。

現下のごとき愚《おろか》なる間違ったる世の中には、正しき人でありさえすれば、必ず神経衰弱になることと存じ候。もし死ぬならば神経衰弱で死んだら名誉だろうと思う。
＊55

今の世の中、神経衰弱にかからない者は、金持ちの魯鈍《ろどん》の者か、無教育の無良心の徒《やから》か、さもなければ二十世紀の軽薄に満足するひょうろく玉だ。これからは人に逢うたびに、君は神経衰弱かと訊いて、「しかり」と答えたら、徳義心ある人間と定《き》めることにしようと思っている。時間があったら神経衰弱論を書いて、天下の犬どもに犬であることを自覚させてやりたいと思う、と漱石は気焔を吐いています。

君はいい加減な人間や軽薄な人間ではないからこそ神経衰弱になるのだ。君が神経衰弱になるのは全然おかしいことではないと言われて、三重吉はさぞかし励みになったと思います。

神経衰弱で死ぬのだったら本望だ、悔いはないという言い方をするのは漱石ぐらいのものです。漱石は実際に神経衰弱気味だったわけですが、本当に真面目に生きていれば、今の世の中、自分のほうがおかしくなったとしても不思議ではない。大真面目に生きて駄目なら駄目でいいではないか、甘んじて神経衰弱になったらよかろうというメッセージです。

うつ気味ぐらいなら、それは真面目に生きている証しなのだから、〈ポジティブにとらえて生きていきなさい〉、それが〈世の中に立ち向かう〉ことだと言ってくれているというのは、現代の日本の世の中にあって、心の荷が軽くなります。

明治の時代を支配していたのは金と権力です。漱石はそんな世の中と格闘しました。そのなかにあって、生活をしていかなければならないので、出版社と印税のルールを決めたりして、現実問題をそれなりに解決しています。理想を夢見て生きる人ではありませんでした。

漱石は高浜虚子宛ての手紙で、「正しい人になってみたい」と前置きして、つぎのように書いています。

世界総体を相手にしてハリツケにでもなってハリツケの上から下を見て、この馬鹿野郎と心のうちで軽蔑して死んでみたい。 ＊56

漱石はこの手紙のなかで、昔は「正しい人」が汚名を着せられて罪に処せられるほど悲惨なことはないと考えたこともあったが、今はまったくちがう。むしろ、正しいことを真面目に押し通して、それで世の中から批判されたり、ハリツケ（磔）にされるような思いを味わわされたとしてもかまわない。つるし上げを食ったら、その架台の上から、この馬鹿やろうと軽蔑して死んでやろうではないか。でも自分は臆病だから本当のハリツケは少々困るので、絞首刑ぐらいにとどめてほしい、と書いています。

ハリツケも絞首刑も苦しいことにかわりないと思いますが、漱石が言いたかったのは〈正しいことは曲げずに押し通す〉ということで、心の勢いを感じる言葉です。

このハリツケのたとえは、イエス・キリストの磔刑《たっけい》を念頭においていると思います。キリストはユダヤの律法《りっぽう》が社会をしばっている状況にあって、人間が人間らしく生きるには何を信じるべきかを説いたためにハリツケにされました。キリストは自分の命が危険にさらされることがわかっていながら、神の子として信仰の核心を説きつづけました。キリストは〈大真面目な人〉だったわけです。

ソクラテスは青年たちに「よかれ」と思って教育を施しました。ところが、青年たちを惑わせている、悪い方向に導こうとしているとされて裁判にかけられます。最後に弁明の機会が与えられますが、青年たちが先生一緒に逃げましょうと言っても従いませんでした。

ソクラテスがハリツケになって軽蔑して死んでみたいと思ったかどうかはわかりませんが、自分はまちがったことをしていないのだから、逃げも隠れもしないという心境だったのだと思います。

漱石も、キリストやソクラテスと同じように、〈やり切る〉という強い覚悟を持っていました。世の中に迎合してみずから自分のレベルを低くしてはならない。ハリツケになるくらいの覚悟をもって自分を高めなさい。それが〈世の中に立ち向かう〉ことだというのが漱石のメッセージです。

「よかれ」と思ってやったことが誤解されたり勘違いされたりして、悪い評価を得ることがあります。そんなときに反発したり反論したりしてもラチがあきません。

そんなときには、この試練は自分を高めるチャンスだと思って努力し、十字架の上から眺める心境で距離をおけるようになれば、冷静に対処できるようになります。

さて、鈴木三重吉宛ての手紙をもう一つとりあげます。

この手紙のなかで漱石は、自分は子どものころから青年になるまで、世の中は結構なものだと思っていた。うまいものが食えると思っていた。きれいな着物が着られると思っていた。詩的に生活ができ美しい伴侶が持てて、美しい家庭ができると思っていた。ところが所世（処世）につとめるなかで、どこをどう避けてもそんなところはないことがわかったと前置きして、つぎのように書いています。


世の中は自己の想像とはまったく正反対の現象でうずまっている。そこで吾人の世に立つ所はキタナイ者でも、不愉快なものでも、いやなものでも一切避けぬ、否《いな》、進んでその内へ飛び込まなければ何にもできぬ。　＊57

世の中を生きていくには、汚《けが》れている人間にも、不愉快なことにも、イヤなことにも飛び込む覚悟を持たなければならないと三重吉を勇気づけています。

漱石は女ほど嫌なものはないなどと手紙で言ったりしています。たぶんいろいろと面倒だなと思っていたのでしょうが、しかし嫌なものでも進んで飛び込まなければならない。美しい家庭を思い描いていたが、そんなものはどこにもない。だからといって漱石は家庭をつくらないというふうにはならずに、大家族をつくりました。そして、いったん家庭を設けたからには、それを引き受けて生きていきました。

この手紙は三十九歳のときのものですから漱石自身の人生も相当に進んでいます。世の中の酸《す》いも甘いもわかっているなかで、自分だって不愉快なことに立ち向かって生きているのだから、君（三重吉）も世の中がどうのこうのと感じすぎないで、汚れているかもしれないが〝世間という風呂〟につかりなさいと説いています。

世の中は銭湯のようなものです。さまざまな人が入るわけですから、潔癖症の人には耐えられないかもしれません。まさに浮世風呂です。しかし、汚れているからといって避けて、純粋培養でいようとするのは、漱石が言うところの「ひとりぼっちは崇高なもの」とはまったく異なります。

大学生がアルバイトをしたからといって、あるいは就職に向けて企業でインターンをしたからといって、人生がかかっていないので、まだふわふわしていて仕事がわかったとは言えません。男性で言うと、三十代の半ばぐらいに仕事がわかる時期がやってきます。男性は気づくのが遅いので、二十代後半でもまだふわふわしていて、仕事を辞めたいなどと言います。しかし、結婚したり、仕事が十年ぐらいになったときに、仕事とはこういうものなのかとわかるときがきます。仕事がわかるというのは、仕事の中身や仕事に必要なスキルではなく、仕事には不愉快なことがついてまわるが、それでも〈飛び込んでいかなければならない〉という覚悟が定まるということです。

24 腹をくくりなさい

漱石は第1章でとりあげた狩野亨吉宛ての手紙にも、自分はどこまでも〈世の中に立ち向う〉という覚悟を書いています。

> **僕は世の中を一大修羅場《しゅらば》と心得ている。そうしてその内に立って花々しく打死にをするか敵を降参させるか、どっちにかしてみたいと思っている。**
>
> ＊58

修羅場というのは阿修羅《あしゅら》と帝釈天《たいしゃくてん》が争ったとされる場所です。そこから転じて、激しい闘争がおこなわれている場所や状況を指すようになりました。

漱石にとって世の中の「敵」とは「僕の主義、僕の主張、僕の趣味から見て世のためにならんもの」を指しています。世の中は自分一人の力ではどうにもならないかもしれないが、それでも闘って討ち死にする覚悟である。天から与えられた本領を発揮して死んだという慰めがあればそれで十分だ、と書いています。

自分にどれくらいのことができるのか、どのくらいのことに耐えうるかは見当がつかないが、だからといってひるまない。もっと激しい世の中に立って、人がどのくらい自分の影響を受け、感化され、未来の青年たちの血や肉となるか、それを見てみたい、試してみたいというわけです。漱石のこの覚悟は〈腹をくくる〉という言葉がぴったりします。〈真面目に生きるとは腹をくくること〉です。

さて、漱石は〝不肖の弟子〟森田草平に宛てた手紙の一節につぎのように書いています。

世の中にこんなえらい人になってみたいと崇拝する人間は一人もない。だから君も君で一人前で通して行けばそれで一人前なのだからかまわんではないか。

＊59

これも狩野亨吉宛ての手紙と同じように、〈世の中を大層なものに思いすぎないほうがいい〉というアドバイスです。

私（漱石）が文章を書くようになって、世間は何かとかまびすしい。大町桂月《けいげつ》（詩人・歌人・随筆家）は私の悪口を二度もくりかえしているし、新聞では私が『猫』（『吾輩は猫である』）を書いたために細君と仲が悪くなったなどと書き立てたそうだ。しかし、何を言われようと、何を書き立てられようとかまわないという覚悟ができている。だから昔より太平になった。

自分は君の師になるような資格はないが、この世の中でこんなえらい人になってみたいと崇拝する人間は一人もいない。だから君も〈一人前〉なのだから〈一人前〉で通していけばいいではないか、と森田を励ましています。

日本では労働や神事に村人の一人として奉仕・参加できる資格を〈一人前〉と言いました。ある一定の力仕事を消化できることが条件とされたそうです。

世の中をそんな大層なものに思わなくていい、自分は一人前だと思ってやればいいんだよ。〈自分の力量を信じて世の中に立ち向かえ〉というメッセージです。

漱石は森田草平に宛てた別の手紙でも、私は君に長所を認めている。それなのに、なぜ萎縮するのか。今すぐれた作品ができないからといって、一生涯できないという意味にはならない。たとえ立派なものができたとしても、世間にそれが受けるか受けないかは誰にもわからない。だから、ただやるだけやることであると森田を励まして、つぎのように書いています。

僕の旋毛《つむじ》は直《なお》きこと砥《し》の如し。
世の中が曲がっているのである。
＊60

世の中と自分のどちらが曲がっているのかといったら、それは世の中が曲がっているのだ。自分のつむじは砥石《といし》のように整っている。私はつむじ曲がりなのではないと言っています。

誰もがどこかで世の中がおかしいと思いながら、それでも世の中に合わせなければいけないと思ったりします。しかし、自分はまっすぐに生きているという自信があれば、曲がっているのは世の中のほうだぐらいの気持ちで生きていくことができる。そうすればすっきりと生きられるというメッセージです。

ときには世の中に合わせることは大切ですが、認識としては、自分がやっていることはおかしくないという自信を持って〈世の中と向き合え〉ということです。

この手紙には、この夏に卒業すれば、君はパンのために苦しむことになる。あたりまえである。それがいやならすぐに中学校の教師の口を探して田舎に行けばいい。「ただ奮《ふる》って勉強したまえ」と漱石は書いています。社会に出れば衣食住を考えることになる。文学の勉強をつづけると衣食住に苦労することになるだろうが、〈まっすぐに生きなさい。そうすれば進歩しているという自信が得られるはずだ〉というメッセージです。

25 ちっぽけな人間になるな

漱石は『断片』のなかで、えらい人というのは、同時代の人から尊敬される程度のスケールの小さな人物ではない。〈もっとスケールを大きくして生きなさい〉と説いています。

えらい人はけっして同時代の人から尊敬されるようなつまらない人間ではないのである。同時代の人から尊敬されるのは容易なことである。
＊61

さすが漱石です。自信にあふれています。

これにつづけて、すぐに尊敬されるにはどうしたらいいかを皮肉を込めて説いています。

一、皇族に生まれればよい。二、華族に生まれればよい。三、金持ちに生まれればよい。四、権勢家に生まれればよい。

彼らのような人間はすぐに尊敬される。しかし百年後に彼らを尊敬する者はいるだろうか。誰もいない。彼らと同じ程度に尊敬されるようでは、とうてい後世において尊敬されるわけがない、と断じています。

百年後に評価されるような仕事をしなさいというのはスケールの大きな物の見方です。

かつてNHKテレビのドキュメンタリー番組に「プロジェクトX――挑戦者たち」がありました。この番組でとりあげられた人のなかには百年はオーバーにしても、視線をずっと遠くにおいて目の前の仕事に取り組んでいる人たちがたくさんいました。

1964年の東京オリンピックに合わせて開業した新幹線の開発なども、五十数年後の今も新幹線ってすごいと評価され、世界にその技術が輸出されつつあります。漱石のように一代の天才ではなくても、えらい人というのは名もない人の中にもたくさんいます。

飛行士だったサン＝テグジュペリに『夜間飛行』という本があります。郵便飛行業がまだ危険視されていた時代に、郵便を待っている人がいるからなんとしてでも届けようと、命を賭けて夜間飛行に従事する人たち。彼らは自分の仕事に誇りを持っていました。

サン＝テグジュペリは世の中に貢献することが幸福ということだと考えていました。飛行機に乗って郵便配達をした人のことなど誰も覚えていないし、特別に尊敬されたわけでもないのですが、漱石流にいえば、そういう仕事に従事していた人こそ尊敬に値する人です。

世の中に立ち向かうというと、目の前のことに対処するにはどうしたらいいかということに目が向きがちですが、漱石は未来から逆照射して今なすべきことは何かを考えていた人だったと思わされる手紙があります。東京帝大英文科に在学中の門弟・中川芳太郎に宛てた手紙で、少しばかり金が入ったからといって浮かれてはならない。その金は世の中と格闘する準備のために使いなさいと書いていています。

貧乏も心の持ちようではるかに金持ちより高尚な気がするものに候。五円残ってるなら甘《うま》いものを食ってどんどん運動をして、将来において世の中と喧嘩をする用意をしておきなさい。
＊62

中川はラフカディオ・ハーンの翻訳の手伝いをしたらしく、二五円という当時の月給並みのまとまった金が入った。中川は漱石に宛てた手紙で「夢のようだ」と書きました。

それに対して漱石は、金を得て嬉しく思うのは当然のことだ。しかし、狂喜乱舞するような気持ちになるとすれば、それは金に中毒したことになる。そんな心がけでは金さえ見れば何でもするようになってしまう。漱石は若い中川の将来を慮《おもんぱか》って、「金の亡者になってはいけない」と釘を刺したのです。このとき漱石三十九歳、芳太郎二十五歳。金に余裕ができたのはたまたまなのだから、うまいものでも食って、どんどん運動をして、世の中と喧嘩をするエネルギーを蓄えることに使いなさい、と説いています。

金がもうかるのは嬉しいことだと思いはじめると、つぎに何をしたいかとなったときに、とりあえず金をもうけようとします。さらにつぎに何をするか、また金をもうけることに邁進します。そのあげく金を残して死ぬしかないということになったのでは人生はあまりにもつまりません。

たとえ貧乏であっても、心の持ちようで金持ちよりもはるかに高尚な気持ちになれるのだから、余裕がないからといって世間にすり寄ったり、反対に余裕があるからといって浪費したのでは、世の中はよくならない。余裕のあるなしにかかわらず、世の中をよくするためにエネルギーをそそぎなさいというメッセージです。

『吾輩は猫である』にこんな表現があります。今の世の人は探偵的である。泥棒的である。探偵は人の目をかすめて自分だけうまいことをしようという商売だから、勢い自覚心が強くならなくてはできない。泥棒も捕まるか見つかるかという心配が頭を離れることがないから、勢い自覚心が強くならざるを得ない。自覚心が強いとは、たとえてみれば鏡の前を通るたびに自分の影を映してみなければ気がすまないほどに、瞬時も自分を忘れることができないということだ。今の人はどうしたら自分の利になるか損になるかと寝ても覚めても考えているから、探偵・泥棒と同じく自覚心が強くならざるを得ない。こう書いて、つぎのようにつづけています。

二六時中《にろくじちゅう》キョトキョト、コソコソして墓に入《い》るまで一刻の安心も得ないのは今の人の心だ。文明の咒詛《じゅそ》だ。馬鹿馬鹿しい。

＊63

見合いをする若い男女の心持ちで朝から晩まで暮らさなければいけないのと同じだとたとえて、どうやったら自分の利益になるか損になるかを四六時中キョトキョト、コソコソ考えているから、せせこましくなっている。こんなふうに人間が小さくされてしまったのは、文明の呪いと言ってもいい。じつにばかばかしい、嘆かわしいことだと気焔を吐いています。

寝ても覚めても自分から離れられないがために、「行為言動がコセつくばかり、自分で窮屈になるばかり、世の中が苦しくなるばかりだ」。漱石は自分で自分を窮屈な生き方に追い込んでしまう世の人の風潮を懸念していました。

自分はどう見られているだろうか、どう評価されているだろうかと気になってしょうがないとすれば、それは真面目にやっていない証しです。真面目に徹すれば、他人の目や他人の評価など、たいして気にならなくなります。大真面目であれば、自分のやるべきことをきっちりやっているという自信があるので、キョトキョト他人の顔色をうかがうことなどなくなります。

揺らぐことがない〈芯の通った真面目力〉があれば、キョトキョト、コソコソした窮屈な生き方をせずにすむというのが漱石のメッセージです。

漱石はロンドン留学中に妻の鏡子《きょうこ》に宛てた手紙でも、世間がなんと言おうと、そんな評価など気にしないという意味のことを書いています。

おれのことを世間でいろいろに言うって、どんなことを言っているのか。世間のやつが何か言うなら言わせておくがよろしい。

*64

おそらく妻の鏡子が世間であなたのことをいろいろ言っていますよと手紙で伝えたからでしょう、漱石はそれに対して、ロンドンには日本人もかなりいるが、ちっとも交際しない。会合などにも出たことがない。たった一人で気楽でいい。世間の人間どもがおれのことを何と言おうが、おれが何をしているか知っている者はいない。彼らがどこから材料を仕入れてそんなことを言うのか尋ねてごらん、と鏡子に返信しています。

世間が何を言おうが言わせておけばいい。自分は著述をしようとして大いに奮発している。張り切っている。自分の本など売れるようなものではないが、ゆっくり構えてやるという覚悟を語っています。

漱石は、世間の人が褒めてくれるからやるとか、けなされたからやめてしまうという態度をとりませんでした。世間がどうあろうとも、〈一本筋の通った生き方〉をするというのが漱石の言う真面目ということです。

26 柔軟に対処せよ

世間の言うことなど屁でもない。自分は自分のやり方でこの世に立ち向かっていくという生き方を貫いた漱石は、自活自営の立場に立って見渡した世の中はことごとく敵であると前置きして、つぎのように書いています。

自然は公平で冷酷な敵である。社会は不正で人情のある敵である。朋友《ほうゆう》もある意味において敵であるし、妻子もある意味において敵である。
＊65

随筆『思い出す事など』は、先にもふれたように漱石が療養先の修善寺で胃の持病を悪化させて危篤となり、その危機を脱したあとの療養の際に書かれたもので、右の言葉は大病を経験したあとの感慨が語られています。

自然と社会に対する見方の対比が面白いですね。自然は人を選ばずに誰に対しても同じように接する。病気だからといって手加減をしてくれるわけではない。金持ちも貧乏人も区別しないから寒いときには誰でも寒い。台風が来たらみんなが大変なことになる。自然は人間のことなど知ったことではない。だから人間にとって自然は「公平」ではあるが「冷酷な敵」である。

これに対して世の中、社会は、貧富の格差などがあって不公平である。しかし社会は人間がつくっているものだから、人間同士の人情もある。だから「不正ではあるが人情もある敵」である。友人も敵だし、妻子も敵だし、そう考える自分さえ敵になりつつある、と書いています。

頑張って生きていこうとすれば、闘わなければならない場面も出てきます。〈社会に立ち向かう〉ことになれば「一人坊っち」になることもあります。しかし、まったくの孤高かというと、こうして病に倒れてみると、周囲の人間が親身に世話をしてくれていることに感謝しなければならない。他人や社会とのあいだの緊張した関係と、ときとして示される人情とのバランスに人間関係の妙があると漱石は考えたにちがいありません。

漱石は『草枕』のなかで、人の世をつくったものは神でもなければ鬼でもない。向こう三軒両隣《りょうどなり》のただの人である。ただの人がつくった人の世が住みにくいからといって、引っ越せる国などない。もしあるとすれば、それは「人でなしの国」へ行くしかないが、「人でなしの国は人の世よりもなお住みにくかろう」と前置きして、つぎのように書いています。

越すことのならぬ世が住みにくければ、
住みにくいところをどれほどか、寛容《くつろげ》て、
束《つか》の間《ま》の命を、束の間でも住みよくせねばならぬ。

＊66

日本でなんかやっていられないと思ってよその国に行っても、よその国はよその国で大変です。人間の住んでいるところはどこも嫌だと言うなら、南極にでも住むしかありません。会社で人間関係になじめないからと転職しても、つぎの会社にもまた人間関係はあります。

だから、逃げ出すことを考えずに〈世の中に立ち向かって、少しでも住みやすい世の中にすることを考えなさい〉というメッセージです。

「とかくに人の世は住みにくい」、生きていくのは大変だと言っているだけでは、世の中を生きる術《すべ》を身につけないでいて世の中を悪く言っているようなものです。漁師の技術もないのに海に出て、魚だけを欲しいと言っているようなものです。

漱石はつづけて、住みにくい世から、住みにくいわずらわしさを引き抜いて、ありがたい世界を目の当たりに写すのが詩であり画《え》であり、音楽であり彫刻である。だから、詩人や画家は、世の中をのどかにし、人の心を豊かにする術を持っているがゆえに尊い、と言っています。

ゴッホは本当に世の中が住みにくかったと思います。誰も評価してくれず、変人と言われ、ついにはみずから耳を切り落としてしまいました。親友だと思っていたゴーギャンにも去られ、信じてくれるのは弟しかいなくなってしまいました。

そんななかにあって、束の間でも命があるのなら、生命というものを祝おうではないか。そんな思いがゴッホの絵にはあふれていて、私たちの心を豊かにしてくれています。ゴッホは油絵で日本の浮世絵を模写するほどの惚れ込みようで、浮世絵の色彩に魅せられて以降、ゴッホの作風は大きく変わり、南フランスのアルルに移り住み、代表作「ひまわり」を誕生させます。

ゴッホは浮世絵作品だけでなく、絵師、彫師《ほりし》、刷り師など、専門の職人がそれぞれ腕を振るうという、日本の協働創作のスタイルをまねようと考えます。そこでゴッホは画家を集めて創作活動に励む芸術家の村をつくろうと考えたのですが、ゴッホは人間関係が苦手ですし、しかも呼び寄せたゴーギャンも人間関係が微妙ですから、人間関係をうまく処することができない同士がぶつかり合って、わずか九週間で破綻してしまいました。

世の中から住みにくいわずらわしさを引き抜いて少しでも住みやすくする。それがこの世に生を与えられた人間のミッションだということが漱石の生き方の根底にあったのです。

さて、漱石は喀血して死線をさまよった翌年（明治44年）8月の和歌山での講演で、日本の開化は内発的に起こったものではなく、あくまでも外発的なものである。これを一言でいえば、近代日本の開化は皮相《ひそう》的で上滑《うわすべ》りのものであると前置きして、つぎのように語っています。

我々の開化の一部分、あるいは大部分はいくら己惚《うぬぼ》れてみても、上滑りと評するより致し方がない。しかし、それが悪いからお止《よ》しなさいというのではない。涙を呑《の》んで上滑りに滑って行かなければならない。
＊67

漱石は、身近な世間だけではなく、近代日本がどうなっていくのか、近代日本にあって自分たちはどうしていくのかということまでを視野に入れていました。

江戸時代までの文化や伝統的な生活様式や思考様式の上に、西洋の伝統を採り入れなくてはいけない。だから上滑りになってしまうのは致し方のないことで、それが悪いからやめなさいというのではなく、やむを得ないことだから、涙を呑んで上滑りに滑っていくしかない、と説いています。

ＩＴ技術が海外から入ってきて広く行き渡り、今やインターネットやＳＮＳがない世の中など想像できなくなっています。しかし、そのことで嫌な世の中になったと考える人も少なからずいます。しかし、マイナス面ばかりとはかぎりませんし、この流れを変えられるわけでもありません。

漱石が現代に生きていて、インターネットの普及を目にしたら、これは人間関係のありようとしても上滑りだなと思うにちがいありません。しかし、それが悪いからよしなさいとは言わずに、上滑りでもいいから使いこなしていったほうがいいと考えるのではないでしょうか。

たとえば高齢者は孤独になりがちで、仕事に行かないとなると人間関係も狭くなりがちです。そういったときにインターネットやSNSは大きな楽しみを与えてくれますし、コミュニケーションのツールにもなるので、人間関係をつくる一つの武器になります。

西洋文明が日本に根づくのを双手《もろて》をあげて歓迎するのでもなければ、頭ごなしに反対するのでもない。上滑りであることを自覚しつつ、その中庸《ちゅうよう》のところを行こうとする漱石の現実的な感覚は、極端に振れがちな今の世の中にあって学ぶべき態度ではないでしょうか。

会社の業績が悪化するとすぐにリストラに踏み切ったり、賃金労働者の四割が非正規雇用になり、身分保障や生涯賃金の格差がますます顕著になっているという現実。そんな時代だからこそ、世の中をきちんと見る目を持って立ち向かい、少しでも住みやすい世の中にすることを考えなさいという漱石のメッセージが大切になってきています。

【第4章　引用文の出典】

＊52『思い出す事など』
＊53 明治23年8月9日付け正岡子規宛て書簡
＊54 明治39年1月1日付け鈴木三重吉宛て書簡
＊55 明治39年6月6日付け鈴木三重吉宛て書簡
＊56 明治39年7月2日付け高浜虚子宛て書簡
＊57 明治39年10月26日付け鈴木三重吉宛て書簡
＊58 明治39年10月23日付け狩野亨吉宛て書簡
＊59 明治39年2月13日付け森田草平宛て書簡
＊60 明治39年2月15日付け森田草平宛て書簡
＊61『断片』
＊62 明治39年1月24日付け中川芳太郎宛て書簡
＊63『吾輩は猫である』
＊64 明治35年3月18日付け夏目鏡子宛て書簡
＊65『思い出す事など』
＊66『草枕』
＊67『現代日本の開化』

第5章

人のために泣けますか

27 人のため、世のために働け

漱石は明治34年6月、ロンドンから藤代禎輔《ていすけ》（漱石と同じ船でドイツに留学し、のちに京都帝大教授。漱石の友人）に宛てた手紙に、留学したものの何も得るところがない。自惚れるより少しはいいかもしれないが、「近ごろは英学者なんてものになるのは馬鹿らしいような感じがする。何か人のためや国のためにできそうなものだとボンヤリ考えている」と書いています。

日本人が日本人の感覚・感性で英文学論をものにできるのだろうかという苦悩が伝わってきますが、その一方で、〈人のために国のために何かできることはないか〉、そこに向けて自分の本領を発揮しなければならないと、前向きに考えていることも感じられます。

漱石は人間関係が必ずしも器用な人ではないので、それだけに漱石が人間関係について語ったり書いたりしていることには説得力があります。

漱石は鏡子との間に二男五女（筆子、恒子、栄子、愛子、純一、伸六、雛子）をもうけました。妻の鏡子は「猛妻」「悪妻」と評されることもあるようですが、父親が貴族院書記官長などの要職をつとめた人で、鏡子はいわばお嬢様育ちで家事が不得意だったり、ときにヒステリーを起こすこともあったようですが、「猛妻」「悪妻」にはほど遠い人だったと思います。

漱石は何かにつけて鏡子を叱っていますが、なんやかんや言って漱石は鏡子を自分のよき理解者と思っていたと私は考えています。

ロンドン滞在中の漱石は留守宅を守る鏡子に宛てた手紙のなかで、筆子（漱石の長女）の日記が面白かったので、暇があったらまた送ってほしいと書いたあと、子どものことから発展して、若い人たちへ向けてのメッセージを書いています。

学問は智識を増すだけの道具ではない。性《しょう》を矯《た》めて真の大丈夫になるのが大主眼である。真の大丈夫とは、自分のことばかり考えないで、人のため、世のために働くという、大《おお》きな志のある人をいう。
＊68

学問は知識を増やすだけの手段ではない。性《しょう》を矯《た》めて真の大丈夫になるのが、学問をすることの大きな目的であると書いています。

「矯める」とは曲がったものをまっすぐにするということですから、「性を矯める」は、性質や癖などの曲がっているところを改めるという意味になります。

そして漱石は本当の「大丈夫」とは、自分のことばかり考えないで、人のために、世のために働くという、大きな志のある人のことだと書いています。

「丈夫」とは「一人前の男子」のことで、これに「大」をつけて強めて、「一人前の男子のなかでも、とりわけすぐれている者」のことを「大丈夫」と言います。

孟子《もうし》は、「一人の力で天下を動かすのが大丈夫だ」と人に言われて、それは「たんに自分の利益のために行動しているにすぎない」、孔子の説く「君子」と同じく、仁・義・礼の三つをあわせ持った人間こそが「真の大丈夫」であると反論した、と言われています。

漱石は、何が人のためになるのか、何が日本の現在において急務なのかをよくよく考えなければすぐにはわからない。そのために知識が必要なのであって、それこそが学問をする目的である。「大丈夫の人格」を備えて、また知識から得た「大活眼」(物事の道理を正しく見通す見識)を持つ者にならなければ、人に向かって威張ることなどできない。「よくよく細心に今からその方向へ進行あらんことを希望します」と書いています。

福沢諭吉も『学問のすゝめ』で「蟻《あり》の門人となるなかれ」と言っています。蟻の門人になるなというのは、ただ働いて死ぬだけの蟻のような一生を送るなということです。家族を持ち、家族のために一生懸命に働くことは尊いが、それだけのために生きるのだとしたら、人として生まれた甲斐がない。人として生まれたからには、世の中をよくするような生涯の事業に自分の一生を賭けることがあってもいいのではないか、と福沢は説いています。自分のことだけに汲々としてはいけないということです。

そして漱石は鏡子に宛てたこの手紙を「今のうちの一挙一動はみな、将来、実となって出てくる。けっしてゆるがせにしてはいかぬ。人間大体の価値は十八、九、二十位の間にきまる。慎みたまえ、励みたまえ」と結んでいます。

夫婦のあいだでこんな大真面目なやりとりをしていたとは驚きです。

第2章でとりあげた精神科医・心理学者のアルフレッド・アドラーは、すべての悩みは人間関係にあると説いています。

会社を辞めたいという人は、社内の人間関係に悩んでいる場合が多いと言われます。仕事そのものが嫌だと思っているケースは意外に少なく、せいぜいもっとやりがいのある仕事がしたいという不満があるくらいです。それよりは、やりがいのある仕事を与えてくれない上司であったり、きちんとした評価をしてくれない人事の担当者であったりと、人間関係に原因があることが多いようです。学校が嫌だというのも、勉強や学校そのものが嫌なわけではなくて、学校での人間関係に悩んでいる場合が多いようです。

とくに今は人間関係に敏感というか過敏な人がふえて、人を許容する範囲、包容できる範囲が年々狭まっているような気がしています。

漱石は小説『それから』で、現代（明治時代）は自分のことに汲々として〈人のために泣く人〉に出会うことがなくなってしまったと書いています。小説のなかの言葉ですが、漱石が対人関係をどう考えていたかが透けて見えてきます。

劇烈《げきれつ》な生存競争（の）場裏《じょうり》（まっただ中）に立つ人で、真《しん》によく人のために泣きうるものに、代助はいまだかつて出逢わなかった。

＊69

親友の平岡の妻を奪おうとする代助は、平岡に接近していたころは人のために泣くことが好きな男であったが、次第に泣けなくなった。泣かないほうが現代的だからというのではなく、泣かないから現代的だと言いたかった。西洋の文明の圧迫を受けて、その重圧の下で呻吟《しんぎん》し、劇烈な生存競争のまっただ中に立つ人で、本当によく人のために泣きうる者に代助はいまだかつて出逢わなかった、と漱石は書いています。競争競争であたふたしていると、心に余裕がないので、人のために泣いてなどいられなくなります。〈人のために泣ける〉というのは漱石独特の言い方ですが、〈心の幅〉を広く持って、他の人の悲しみを自分の悲しみとして〈共感〉できてこそ、本当の真面目だと漱石は言いたかったのだと思います。

自分の仕事には真面目だが、身近な人がつらい思いをしているときに知らんぷりするとしたら、本当の真面目とは言えません。人が苦境に立たされているときこそ、声をかけ、かかわっていくのが本当に誠実な人、真面目な人です。逆の人もいます。相手が順境のときにはすり寄るが、何かしらの理由で逆境になったときには遠ざかる。

現代の日本は明治のころからすると大いに進歩したわけですが、漱石のこの言葉を読むと、こと人間関係に関してはさしたる進歩がなかったのではないかと思わされます。

漱石は未完に終わった小説『明暗』のなかでも、自分のことしか考えられないあなたがたは、感謝することのできない人間になっている。それがどうしたんだ、それでいいではないかと思うかもしれないが、それはとんでもない不幸で、人間らしく嬉しがる能力を天から奪われたのと同じように見える、と書いています。

自分だけのことしか考えられないあなた方は、人間として他《ひと》の親切に応ずる資格を失っていらっしゃるというのが私《わたくし》の意味なのです。他《ひと》の好意に感謝することのできない人間に切り下げられているということなのです。 ＊70

自己中心的に自分のことしか考えられない人は他の人の好意に感謝できない人間になってしまっている。それはとてつもなく不幸なことだというメッセージです。「感謝することのできない人間に切り下げられている」という表現が面白いですね。

裏を返せば、人から何かしてもらったことをありがたいと思う気持ちが湧き上がる人は、幸福を味わう資格が与えられているわけです。

心理療法の一つに内観法があります。両親や兄弟、身近な人とのかかわりを「してもらったこと」「して返したこと」「迷惑をかけたこと」の三つのテーマに沿ってくりかえして思い出すことをやると、他者への感謝の念や信頼が深まり、自分の存在価値や責任を自覚することで社会生活の改善につながるという療法です。

私もこの内観法を三日間ぐらいやったことがあります。そうすると、こんなことが思い出されてきました。子どものころに風邪を引いて熱があるのに、カツ丼を食べたいとうわごとのように言った。そうしたら、夜中なのに父と母がカツ丼を探しまわって持って帰ってきてくれたのですが、そのときにはもう寝てしまっていた。そんなことが浮かび上がってきて、感謝の気持ちが自然に湧き上がってきました。

〈あなたは自分のことに汲々としたあげくに自分を切り下げて、人の好意に感謝する気持ちを忘れていませんか。それでは真面目とは言えません〉というのが漱石のメッセージです。

28 タイミングをのがすな

漱石は新聞に掲載された談話『処女作追懐談』のなかで、『吾輩は猫である』に至るまでを振り返っています。

ロンドンの下宿で閉口した様子を手紙に書いて送ったところ、子規はそれを雑誌「ホトトギス」に載せてくれた（『倫敦消息』）。ロンドンから帰国したら、『倫敦消息』が縁で、「ホトトギス」編集長・高浜虚子に何か書けと勧められて「吾輩は猫である」を書いたら、書き直しを命じられた。そうしたら虚子が今度は褒めてくれて「ホトトギス」に一回きりのつもりで載せたところ、面白いからつづきを書けと言うので、また書いてみた。連載をつづけていったらどんどん長くなって、『吾輩は猫である』というあんなに分厚い本になってしまった。

漱石はさらにつづけて、ただ書きたいから書いたまでで、私（漱石）がそういう時機に達していたのである。もっとも、書きはじめたときと、終わる時分とではよほど考えがちがっていた。文体なども人をまねるのがいやだったから、あんなふうにやってみたにすぎない。そんなふうに今日までやってきたのだが、以上を総合して考えると、私は何事に対しても積極的でなかったと思い至って自分でも驚いた。文科に入ったのも友人の勧めだし、教師になったのも人がそう言ってくれたからだと書き、こうつづけます。

洋行したのも、帰って来て大学に勤めたのも、『朝日新聞』に入ったのも、小説を書いたのも、皆そうだ。だから私という者は、一方から言えば、他《ひと》が造ってくれたようなものである。 ＊71

第2章で〈来た球は打て〉と言いましたが、漱石のよさは、頑迷固陋《がんめいころう》ではなく、タイミング、流れ、縁を大事にして〈来た球を打つ〉柔軟性にあります。

昭和三十年代から四十年代ぐらいまでは九〇パーセント以上が結婚する状況にありました。しかも、見合いにかぎらず、縁があったから結婚するかぐらいの感じで当時の人は結婚していました。

私の両親も結婚前は二、三回しか会ったことがないと言っていました。それでも離婚しないでやってきています。小津安二郎監督の映画でも、娘の結婚は人生の一大事なのに、父親が「どうだいうちの娘は」などと言うと、「それじゃあそうしましょう」というようなことで結婚が決まったりしています。

人生は自分がつくるのが基本ですが、人に勧められたときにタイミングをのがさず、流れを壊さずにやるというのも一つのあり方です。

私が明治大学に勧めるようになったのも、飲み会の場で、明治大学で教職を公募しているると先輩から聞かされて、応募書類を提出してみたら採用になったというぐあいでした。

『声に出して読みたい日本語』も、私が子どもたちの教育に暗誦《あんしょう》・朗誦《ろうしょう》を採り入れていたところ、それを見た人が本を出したらどうですかと勧めてくれて出版につながっています。

そう考えると、何がなんでも自分でやろうと思わないで、〈人の勧めに上手に乗る〉

というのもいいことなのだと思います。

さて、漱石は出版社に印税を要求した日本で最初の作家とされています。しかも、大作家になってからのことではなく、文壇デビュー当初から印税契約を結んでいました。自分の仕事に見合った報酬はきっちりと確保する。その裏には漱石独特の職業観がありました。

明治44年8月の兵庫県明石市での講演『道楽と職業』に漱石の職業観がよく表れています。

職業というものは要するに人のためにするものだということに、どうしても根本義を置かなければなりません。 *72

職業は人のためにするものであり、その結果が自分のためになるのだから、もとはどうしても他人本位である。他人本位であるからには仕事の種類や量の取捨選択はすべて他を目安にして働かなければならない。道楽であるあいだは、自分に勝手な仕事を自分の裁量でやるのだから面白いにちがいないが、その道楽が職業へと変化すると、今まで自分にあった権威がたちまち他人の手に移るから、快楽がたちまち苦痛になるのはやむを得ない、と漱石は書いています。

これを読んだ方のなかには、他人本位ではいけない、自己本位で生きなさいという漱石の主張と矛盾するのではないかと感じた人もいるのではないでしょうか。

しかし、ここで漱石が言っている他人本位は、先に見たような、人の目を借りて、解釈してもらい、わかったような気になるという意味での他人本位とはちがいます。ここでの他人本位は〈他の人のため〉という意味です。

道楽は自分が好きでやっているわけですが、人のためにするのが仕事となると、自分中心から他人中心になるので苦痛になります。漱石は職業というものはそもそも他人のためにするものだと言っているわけですが、〈他の人のためにする〉というのは、自分がすぐれていることを他の人のためにやることであり、自分ができないことは他人が補ってくれるということでもあります。

なによりもまず人のためという視点で仕事に取り組まなければならないのに、今の若い人のなかには、他人のためという考えを抜きにして、〈自己実現の手段〉ととらえる傾向が強まっているように思います。それは漱石に言わせれば、「仕事」を「道楽」ととりちがえていることになります。

道楽だったら、収入がなくても仕方がありません。漱石は道楽の一例として禅の修行を挙げて、禅僧は求道のために黙然《もくねん》と坐して、世間とは没交渉であるから、立派な道楽者である。だから、その苦行難行に対して世間から何らの物質的報酬も得ていないと書いています。

漱石が今の若い人たちの仕事観を知ったら、道楽で金を得ようとは、何を言っているんだね君は。職業というのは人のためにするものなんだよ。自分のためにするんじゃないからこそお金がもらえるんでしょうと、ものすごくまっとうなことを言うのではないかと思います。

漱石は『道楽と職業』でつぎのようにも語っています。

人のためにする分量が少なければ少ないほど、自分のためにはならない結果を生ずる（略）これに反して、人のためになる仕事を余計すればするほど、それだけ己《おの》れのためになる。 ＊73

「人のために千円の働きができれば、己れのためにも千円使うことができる（略）諸君もなるべく人のために働く分別《ふんべつ》をなさるが宜しかろうと思う」と漱石は語っています。人に自分の不足を補ってもらうためには、人からサービスを受けるだけの資金がいります。その資金は自分が働いて稼ぐしかありません。だから、人のために働く量が多い人ほど、自分のために他の人を活用できるというわけです。漱石が自分の仕事の対価に厳格だった理由もここにあります。

今の世の中、すべてがサービス業になっています。サービスというのは他の人を喜ばせて対価を得ることです。そのサービスの仕事で疲れたら、たとえば稼いだ金でマッサージに行って、そこでサービスを受ける。サービスの高速度の循環が起きているわけです。

職業というものは自分探しをしたり、自己表現をしたりする機会ではない。職業とは他者の願望を実現するサービス業であり、それを通して自分もサービスを受けることができる。まさに〈人のために泣いて、その結果、自分が笑う〉ということです。このあたりの仕事の意義の仕分けは漱石らしくて見事です。

29　心が温かいから怒るのだ

『古寺巡礼』『風土』などの著作で知られる和辻哲郎が明治39年に一高に入学した当時、漱石は同校で教鞭をとっていました。和辻は漱石の教え子ではなく、漱石の授業のときに、教室の窓の外でじっと耳を傾けていたといいます。

それから月日が流れ、和辻は自分の著書を漱石に送り、漱石が近寄りがたい冷淡さを持っていたと訴えて学生時代の思い出を伝えました。それに対して漱石は以下のように書いています。

自分は進んで人になついたり、人をなつけたりする性《たち》の人間ではない。好きな人があってもこちらから求めて出るようなことはまったくない。あなた（和辻）に私の態度が冷淡に見えたのは、あなたが私のほうに積極的に進んでこなかったからだ。

高等学校で教えているころは、世間全体が癪《しゃく》にさわってたまらなかった。そのために身体を壊したほどだった。誰からも好かれてもらいたいと思わなかった。私は高等学校で教えているあいだ、ただの一時間も学生から敬愛を受けてしかるべき教師の態度を有していたという自覚はなかった。だから、あなたのような人が校内にいるとはどうしても思えなかったと書いて、つぎのようにつづけています。

あなたのいうように冷淡な人間では決してなかったのです。冷淡な人間なら、ああ肝癪《かんしゃく》は起こしません。

＊74

「冷淡な人間なら、ああ肝癪《かんしゃく》（癇癪）は起こしません」という言い方が面白いですね。

漱石は教師時代、しょっちゅう教え子を叱っていたといいます。漱石はけっして人間関係が器用なほうではありませんから、上手に如才《じょさい》なく人に接することが苦手でした。しかし漱石の場合は、ヒステリックな感情の爆発ではなく、相手のことを思うあまりに、心が揺らいでしまうことがあったのだと思います。

相手を心配したり、よく導いてやりたいとの思いから懸命になるので、いきおい癇癪を起こしてしまう。〈癇癪を起こすほどに真面目に生きている〉わけで、けっして冷淡なわけではありませんというメッセージです。

その点、福沢諭吉は対照的です。刎頸《ふんけい》の友、親友などいないと言って、みんなと広く適度に付き合う人でした。だから、あまり激することのないタイプでした。

さて、武者小路実篤《むしゃのこうじさねあつ》ら白樺派の作家たちは、世の中の暗い面にばかり目を向ける重苦しい自然主義文学に反発を感じ、知的で倫理的な作風の漱石を尊敬していました。漱石の『それから』が発表されると、実篤は「『それから』に就《つい》て」という一文を雑誌「白樺」創刊号に載せました。この創刊号を漱石に送ると、漱石からすぐにこの文章をほめる返事が来て、これをきっかけに二人は手紙をやりとりするようになります。

漱石は実篤に宛てた手紙にこんなふうに書いています。

実篤が自分の作品を新聞紙上で批判されて怒りを感じたことに対して、私（漱石）もその批判を読みましたが、少しも気になりませんでした。ああいうところへ出るものはいい加減で、でたらめに近いことが多いからです。しかし、まちがったことを書かれるのは誰しも嬉しくありません。とくにあなたのような正直な人から見れば嫌でしょう。

私もあなたと同じ性格があるので、こんなことでよく気を悩ませたり気を腐らせたりしました。しかし、際限がないので、近ごろはできるだけこれらを超越する工夫をしています。私はずいぶん人から悪口や誹謗《ひぼう》を受けました。たとえば『吾輩は猫である』を書いたとき、多くの人が翻案《ほんあん》かまたは方々《ほうぼう》から盗んだものを並べたてたにちがいないと解釈しました、と書いて、実篤につぎのように呼びかけています。

気に入らないこと、癪にさわること、憤慨《ふんがい》すべきことは塵芥《じんかい》のごとくたくさんあります。それと戦うよりも、それをゆるすことが人間として立派なものならば、できるだけそちらのほうの修養をお互いにしたいと思いますがどうでしょう。
＊75

漱石は十九歳年下の実篤に諭すように、憤慨することがあっても、それと〈戦うよりも赦すことのほうが人間として立派です〉とアドバイスしています。

死の前年の大正4年の手紙ですから、漱石は功成り名を遂げた、押しも押されもせぬ大作家です。だから誹謗中傷には慣れっこになっていると言えばそれまでです。しかし漱石は、誹謗中傷を清めることは人間の力でできることではないから、それならば赦すことのできる人間を目指して人生を歩むべきだ。それでこそ真面目で倫理的ということなのではないかと言いたかったのではないでしょうか。

私はテレビ番組に出演する機会がありますが、出演者に訊いてみると、多くの人が、ネットなどで誹謗中傷された経験を持っています。ネットやSNSを見るのが怖いですよと言う人が少なくありません。陽気な芸人さんでも、「頼むから死んでくれ」と書き込まれているのを見ると、さすがにへこみますよと言っています。

昔は漱石のような著名人、有名人だけが中傷被害にあっていたわけですが、今の時代は有名無名を問わず、ひとつまちがえると中傷の矢面に立たされます。漱石流に言えば、そんなものはいい加減なものだと思って赦すほうに気持ちを切り替えなさい、それも人間修養ですよということになります。〈人を赦す〉ことは、〈人のために泣く〉ことでもあります。

そもそも人に対して攻撃的な人、他の人と関係がつくれない人は、どこかで自信がなかったり不安を抱えている場合が多いと言われています。自己否定であったり、自分を信頼できないでいるのを解消しようとして否定的な感情が人に向かってしまうというわけです。

漱石は小説『こころ』のなかで、「先生」に「信用しないって、特にあなたを信用しないんじゃない。人間全体を信用しないんです」と語らせています。

私は私自身さえ信用していないのです。つまり自分で自分が信用出来ないから、人も信用できないようになっているのです。 *76

「先生」は過去のさまざまなことに心の傷があるので、自分自身を信用できないでいます。自分のことが嫌いになると、世の中全体が嫌になってきます。その劣等感は解決しないといけませんが、そこに人間心理の落とし穴があるようです。

精神科医・心理学者のアルフレッド・アドラーは以下のように説いています。

劣等感をふつうに抱くぐらいなら、成長や努力のバネになる。人間は劣等感を抱きつづけることに耐えられないので、どう克服するかを考えるようになる。そのように健全な努力をもって克服を目指せればいいが、努力もせずに自らの劣等感を「言い訳」として使い、その劣等感がしみついて前に進めなくなる人がいる。

このような〝劣等コンプレックス〟という状態になると、自己嫌悪におちいってしまうわけです。そうすると、人間関係もぎくしゃくして、〈人のために泣く〉ことなどできなくなってしまいます。

劣等感は成長や努力のエネルギーになるわけですから、それをバネにして克服していけば人生は開けると考えると、漱石が『こころ』のなかで「先生」に語らせた言葉というのは、むしろ他者に心を開くという意味では前向きなメッセージとも言えます。

30　相手の立場を思いやれ

漱石は死線をさまよったあとに書いた『思い出す事など』のなかで、〈自分のありがたみも、人の気の毒さも命の綱がはずれかかってはじめてわかる〉という意味のことを書いています。

命の綱《つな》を踏みはずした人の有様《ありさま》も思い浮かべて、幸福な自分と照らし合わせてみないと、わがありがたさもわからない、人の気の毒さもわからない。

＊77

「考えると、余（漱石）が無事に東京まで帰れたのは天幸《てんこう》である。こうなるのが当たり前のように思うのは、未だに生きているからの悪度胸《わるどきょう》にすぎない。生き延びた自分だけを頭に置かずに、命の綱を踏みはずした人の有様も思い浮かべて、幸福な自分と照らし合わせてみないと、わがありがたさもわからない、人の気の毒さもわからない」

漱石は幸いにして命綱をふたたびたぐり寄せることができたので、こうした感慨にふけることができたわけです。

漱石はこの一文に「逝《ゆ》く人に留《とど》まる人に来《きた》る雁《かり》」という自作の句を載せています。死んでしまう人もいるし、自分のようにこの世に生き残る者もいるが、そんなことに関係なく雁は飛んでくる。死ぬこともあり得たなかで自分は生き残ったから雁が飛んでくるのを見ることができるという意味になるでしょうか。

漱石は一命をとりとめたあとの10月12日の日記に「治療を受けた余はいまだ生きて

あり、治療を命じたる人はすでに死す。驚くべし」と書いています。治療を命じた人というのは漱石の主治医で長与胃腸病院の院長です。長与院長は雁が飛んでくるのをもう目にすることができなくなったわけです。

そうした人のありさまも思い浮かべて、生きている幸福な自分と照らし合わせてみると、自分が生きてあることのありがたさがよくわかるし、死んだ人の気の毒さもわかるようになると説いています。人の不幸を蜜の味としたのでは、自分を深めることはできません。〈この世に生きていることをあたりまえだと思ってはいけない〉、与えられた命に感謝して〈真面目に歩んでいきなさい〉というメッセージです。

さて、最近、芸能人の謝罪会見をテレビで見かけますが、謝罪にもかかわらず言い訳をしすぎて火に油を注ぎ、さらなるバッシングを受けるという事態が多くなっています。

非は非として認めればそこで終わったものを、とりつくろって言い訳をしたために、反省していない、またやりかねない、悪いと思っていないんだと断罪されてしまう。日本人はそのあたりのことになるとたいへん厳しいので、心から謝るか謝らないかで、ことのなりゆきは大きく変わってきます。

第1章でもとりあげましたが、漱石は松山中学の生徒に宛てて校誌に寄稿した『愚《ぐ》見数則《けんすうそく》』の一節でつぎのように書いています。

己《おの》れの非を謝するの勇気は
これを遂げんとするの勇気に百倍す。
＊78

漱石は書いています。教師は必ずしも生徒よりえらいものではないから、たまたま誤ったことを教えることもある。だから生徒は教師の言うことにすべて従えとは言わない。納得がいかないことには抗弁しなければならない。ただし自分に非があることを悟ったならば、言い訳などせずに、すぐにその非を認めなければならない。自分の非を無理やり押し通すよりも謝る勇気のほうが百倍も必要になる。

漱石の言っていることは、社会を生きていくうえで大事なことです。問題が生じたとき、自分の段取りが悪かったためにこんなふうになってしまったと感じたら、「じつは私のほうの段取りが悪くて問題が発生してしまってたいへん申し訳ありません」と、相手に謝ってしまったほうがいいんですね。

原因がどこにあるにせよ、問題が発生したら即座に謝るのは仕事の原則です。

「じつはメーカーさんと打ち合わせが不十分だったために納品が遅れてしまいました。

メーカーのほうも私どもに納品日を最終的に確認してこなかったので、こちらは予定どおりに進んでいるものとばかり思っていました」というぐあいに、あれこれ理由を挙げて言い訳をすると、相手は、いったいこいつは謝っているのか謝っていないのか、いったい何を言っているんだと、おかんむりになってしまいます。

しかし、あれこれ言い訳をせずにまずは「非はすべてこちらにあります」と謝ってしまえば、相手も、「あなたの責任ばかりではなくて、こちらも納期は大丈夫ですかと最終確認をしなかったことに問題がありました」というふうになることが意外にあるものです。

これは外国では通用しにくい日本人的な解決方法かもしれません。アメリカなどでは車を他の車にぶつけてしまったときでも、けっして自分から謝るなと言われます。しかし日本の場合は、謝ったのに攻撃してくる人はあまりいません。恐れずに非を認めることで和解できるし、先に進むこともできて、なおかつ正直な人だと信用を得る場合もあります。

ところで私は、語彙が豊かになれば見える世界が変わるという視点から、『語彙力こそが教養である』という本を書きました。

より多くの語彙を身につけることは手持ちの絵の具が増えるようなもので、二百色の絵の具を使える人は、あまねく表現を駆使して相手を動かせます。部下にかける言葉も、自己アピールの言葉も、ビジネスでの商談も、プライベートな雑談も、「二百色」の彩りをもって表現できるようになります。

ところが、語彙力の足りない人は何でも「すごい」「やばい」「なるほど」「たしかに」などで感情を表現します。絵の具の数が少ないわけです。

しかも語彙というのは数だけではなく、一つ一つの言葉の深い意味を知っておくことも必要です。ところが言葉の数もその深い意味も知らないがために、相手から何か言われたときに、その表面の意味だけをとらえて、キレたりすることが起こります。

漱石は『趣味の遺伝』という小説のなかで、世の中には諷語《ふうご》（それとなく戒める言葉）というものがあるが、諷語はみな表裏《ひょうり》二面の意味を持っている。「先生」を「馬鹿」の別号に用いるのはその典型である。だから、たとえば他を「称揚」するのは「罵倒」したことにもなる。表面の意味が強ければ強いほど、裏側の含蓄《がんちく》も深くなると説いて、つぎのように書いています。

滑稽の裏には真面目がくっついている。
大笑《たいしょう》の奥には熱涙《ねつるい》が潜《ひそ》んでいる。
雑談《じょうだん》の底には啾々《しゅうしゅう》たる鬼哭《きこく》が聞こえる。

＊79

滑稽の裏には真面目というものがあり、大笑いの奥には熱い涙が潜んでいる。冗談の底からは、あたかも浮かばれない亡霊が恨めしげにあげるような泣き声が響いてくると書いて、裏側にある意味に耳を傾けるようにしなさいと説いています。

たとえば「お前、馬鹿だな」と言われたときに、もっとできるはずだということを期待して言ったにもかかわらず、まさに表裏二面の意味が理解できずに、真に受けてキレるということが起こります。私も大学の授業などで冗談を言うときには気をつけるようになっています。

独自の領域を切り開いた民俗学者の宮本常一《つねいち》が日本全国をまわって聞き集めた農村・漁村の人々の生き方をつづった『忘れられた日本人』に登場する彼ら彼女らは、真面目に人生を生きて家族をつくり、毎日、畑に出たり、魚を捕ったりしていますが、男も女もあけっぴろげに下ネタを言ったり、冗談を言い合う情景が描かれています。

かつての日本人はそういうふうに硬軟あわせ持つ、豊かで自在な人間性を持っていました。

テレビ番組でご一緒するビートたけしさんも、番組の進行があやうくなるほどに、ふざけたことばかり言いまくっていますが、じつは勉強も好き、数学も好き、文化も好きで、とにかく真面目なんですね。だから、また冗談を言っているのかと単純に受け止めるのではなく、その裏にある真面目さを感じとらないと、たけしさんのよさは理解できません。

日本一いい加減な男で売った植木等さんも、自伝などを読むと、お寺の家に生まれて、ものすごく真面目な人なんですね。

表裏二面があるからこそ、奥深くて面白いということになります。

一方、今の若い人は下ネタを嫌います。女子がそう思うのならわからなくもありませんが、男子もそんな傾向になってきています。昔は男子校といえば、下ネタなしには学校生活を送れないという時代がありましたが、最近は〝潔癖症〟の傾向があります。

何かにつけて汚らしいと思う傾向があって、下ネタを笑い飛ばすだけの柔軟さがなくなってきています。

漱石は『滑稽《こっけい》文学の将来』という一文で、嘲笑《ちょうしょう》や罵倒《ばとう》が真の滑稽ではなく、笑いのうちにも深厚《しんこう》な同情を有するのがすぐれた作品というものであろう、と書いています。

大笑いしている人の心の内につらい涙があることもある、冗談を言っている人の心の内に悲しみがあることもあるというふうに、〈人の深さを学ぶ〉ことで自分の〈人間性を深めていく〉。それが漱石の言う真面目ということです。

【第5章　引用文の出典】

＊68　明治35年3月10日付け夏目鏡子宛て書簡
＊69　『それから』
＊70　『明暗』
＊71　『処女作追懐談』
＊72　『道楽と職業』
＊73　『道楽と職業』
＊74　大正2年10月5日付け和辻哲郎宛て書簡
＊75　大正4年6月15日付け武者小路実篤宛て書簡
＊76　『こころ』
＊77　『思い出す事など』
＊78　『愚見数則』
＊79　『趣味の遺伝』

第6章
覚悟がきまっていますか

31 肩書をありがたがる人間になるな

漱石という人を一言で言い表すと、私は〈覚悟の人〉だと思っています。

あまりにも大きな課題を背負いすぎて体まで壊します。神経衰弱にもなりましたし、迷うことがあった時期もありますが、人生の大半、とくに文学という仕事を見定めてからは、〈牛のようにずんずん進む〉〈粘り強く前に進む〉という〈覚悟〉を貫いています。

漱石はひ弱な文学者ではなく、〈腹が据わり〉〈腰が定まった〉迫力のある人というのが私がイメージする漱石像です。

この章では漱石の〈大真面目に突き進む覚悟〉を見ていきます。

明治38年から40年は、漱石にとって大きな転機でした。明治38年1月から翌39年8月まで、雑誌「ホトトギス」に『吾輩は猫である』を断続的に発表し、39年4月からは『坊っちゃん』を、9月からは『草枕』を、10月からは『二百十日』を雑誌に立てつづけに発表しています。そして、明治40年4月にはすべての教職を辞して朝日新聞社に入社し、専業作家として生きていく〈覚悟〉を定めています。

漱石はそんなさなかの明治39年10月26日、鈴木三重吉に宛てて、魂のこもったメッセージを送っています。

死ぬか生きるか、命のやりとりをするような維新の志士のごとき烈しい精神で文学をやってみたい。それでないと何だか難をすてて易《やすき》につき、劇《げき》を厭《いと》うて閑《かん》に走る、いわゆる腰抜け文学者のような気がしてならん。＊80

死ぬか生きるか、命のやりとりをする維新の志士のような烈しい精神で文学をやってみせる。腰抜け文学者になんかなってたまるかという檄文《げきぶん》と言ってもいい烈しい調子は、まるで吉田松陰が乗り移ったかのようです。

漱石は明治維新の前年の生まれですから、明治人ではあっても、幕末の志士の〈魂〉にあこがれているところがありました。自分は文学において戦って戦って最後は討ち死にしてもかまわないというメッセージが伝わってきます。

漱石は書いています。たんに美的な文字は閑文字《かんもじ》（むだな字句・文章、無益な言葉）に帰着する。俳句趣味は閑文字の世界に遊んで喜んでいるわけだ。しかし、小さな世界に寝転んでいるようでは世の中は動かせない。いやしくも文学をもって生命とする者ならば、たんに美というだけで満足できない。維新の志士が困苦をなめたような了見《りょうけん》にならなくては駄目だ。道を誤ったら、神経衰弱でも入牢《じゅろう》でも何でもする〈覚悟〉でなければ文学者にはなれない。

漱石はこの手紙の最後のほうで島崎藤村の『破戒』をとりあげて、「『破戒』にとるべきところはないが、ただこの点（命のやりとりをするような烈しい精神で文学をやること）において他をぬくこと数等であると思う。しかし『破戒』は未《いま》だし。三重吉先生、『破戒』以上の作をドンドン出したまえ」と書いています。

〈覚悟が定まる〉とこんなにも意気軒昂《いきけんこう》になるものかと思わされます。

まるで吉田松陰が乗り移ったかのようだと書きましたが、松陰が「松下村塾《しょうかそんじゅく》」を中心に明治維新で大きな働きをする多くの弟子を育てたように、漱石は「木曜会」を中心に、寺田寅彦、岩波茂雄、和辻哲郎、久米正雄、芥川龍之介、中勘助、阿部次郎、野上弥生子、鈴木三重吉など、のちに日本の文壇や哲学や科学を担う人たちを育てています。

〈漱石の覚悟〉がなければ、もしかしたら芥川龍之介の作品も岩波茂雄の岩波書店の本も手にすることができなかったかもしれないと思うと、漱石の貢献度は非常に大きいものがあります。

さて、漱石はロンドン留学中に妻・鏡子へ宛ててつぎのように書いています。

「せんだって御梅《おうめ》（鏡子の妹）さんの手紙には博士になって早く御帰りなさいとあった。博士になるとはだれが申した。博士なんかは馬鹿々々しく、博士なんかをありがたがるようではだめだ。お前はおれの女房だから、そのくらいの見識は持っておらなくてはいけないよ」と、まるで亭主関白宣言のように書いています。

これから見ていくように、漱石の「博士嫌い」は一貫していました。

人間も教授や博士を名誉と思うようでは駄目だね。漱石は乞食になっても漱石だ……。

＊81

これは森田草平に宛てた手紙（明治39年1月）にある言葉です。

土井《どい》晩翠《ばんすい》が年賀状に「まだ教授にならんか」と書いて寄越したらしく、漱石は「（ミルトンの）『失楽園』の訳者土井晩翠ともあるべきものがそんなことを真面目にいうのはよくない」、「漱石は乞食になっても漱石だ」と書いています。

〈自分の価値は自分で決める〉という〈覚悟〉を感じる言葉です。

漱石は官費留学生になるほどのエリートですし、帰国後には『文学論』という大きな論文をまとめていますから、博士号を授与されてもおかしくない立場にありました。

しかし、博士だと聞けば人はひれ伏し、逆に博士号がないとなると、なんだ持っていないのかと人は言う。なんのために英国まで留学したんだとさえ言うようになるだろう。中身を見ないで肩書だけを見る。漱石はそんな風潮を嫌っていました。

この翌年（明治40年3月）の野上豊一郎（東京帝大英文科で漱石に師事。のちに英文学者、能楽研究者、法政大学総長）に宛てた手紙でも、「肩書はいらない」と書いています。

世の中はみな博士とか教授とかをさもありがたいもののように言う。自分にも教授になれと言う。教授になって末席に列するのは名誉であるし、教授はみなえらい男のみと思う。しかしえらくない自分は、彼らの末席にさえ列する資格はないだろうと思う、と皮肉を込めて書いています。

では、これからどうするのか。漱石は書いています。前途は惨憺《さんたん》たるものにちがいないが、そうであっても自分らしく生きるには、思い切って野《や》に下るほかはない。

大学に嚙《しが》み付いて黄色になったノートを繰り返すよりも人間として殊勝《しゅしょう》ならんかと存じ候。小生、向後《こうご》（今後）何をやるやら、何ができるやら自分にもわからず。ただやるだけやるのみに候。＊82

大学にしがみつくよりも、野に下ることを選ぶ。大学にいればいつか博士号ももらえるだろうし、教授にもなることができるだろうから安泰だが、野に下れば、前途は山あり谷ありだ。しかし、そうであっても、自分らしく生きなければこの世に生まれた甲斐がない。それこそが大真面目に生きるということなのだというメッセージです。

当時、博士といえば当今の博士号と違って価値がありますから、博士になるだけで職が安定し、収入も多くなりました。そうであっても漱石はそれを「よし」としませんでした。

しかし明治44年2月、いよいよ文部省から博士号授与の通達が漱石の留守宅に届きます。前年、吐血して死線をさまよった修善寺から帰京して、東京の病院に再入院していたときのことです。これに対して漱石は文部省の局長宛ての書面で「私は博士の学位をいただきたくないのであります」ときっぱり辞退し、その理由をつぎのように書いています。

小生は今日までただの夏目なにがしとして世を渡ってまいりましたし、これから先もやはりただの夏目なにがしで暮らしたい希望を持っております。
＊83

「佐藤某《なにがし》」などと言うときの「なにがし」は、ここでは肩書のない、ただの一個の人間という意味で、「夏目博士」ではなく「夏目漱石」として生きていきたいということです。

福沢諭吉も叙勲《じょくん》の話が浮上したとき、あらかじめ手紙で断っています。

明治の世になって、みんなが寄ってたかって役人になりたがります。諭吉はそこに権威を笠に着て威張《いば》りたいという官尊民卑《かんそんみんぴ》の気風を見てとります。自分はそういう風潮には乗らない、生涯役人にはならないと公言し、叙位叙勲を一切辞退しました。

叙勲は、勲章をあげるほうは上、もらうほうは下の関係になってしまいます。勲章がもらいたくて仕事をしているわけではないし、官がえらいわけではないし、民が卑しいわけでもない。だから、官から民に勲章を与えるとすれば、そんなものはいらないというのが理由でした。

諭吉は「空威張《から》り」というものを嫌っていましたから、「塾長」「教授」などの肩書で呼ばせてえらぶるのを嫌がり、誰に対しても「○○さん」と呼んでいました。今でも慶應義塾にはその伝統が生きています。

森鷗外は「余は石見人《いわみのひと》　森林太郎《りんたろう》（鷗外の本名）として死せんと欲す」と遺言しています。

陸軍軍医総監をつとめ、宮内省図書頭《ずしょのかみ》をつとめ、なにより大作家でしたから、墓に刻む肩書に事欠きません。しかし、死ぬときには裸一貫の一個の人間として死んでいきたいという〈覚悟〉があったのです。

漱石、諭吉、鷗外はともに肩書を嫌い、権威を笠に着て空威張りすることを嫌ったわけです。三人とも並みのインテリにとどまらずに〈突き抜けたインテリ〉だったということです。

漱石の〈肩書嫌い病〉〈権威嫌い病〉は早くから発症していたようで、博士号授与の通達があった明治44年からさかのぼること八年、明治36年6月の菅《すが》虎雄（一高の名物教授でドイツ語学者。漱石の親友）に宛てた手紙につぎのように書いています。

「学問なんかするな。馬鹿気たもんさね。骨董商の方がいいよ。僕は高等学校へ行って駄弁《だべん》を弄《ろう》して月給をもらっている。それでもなかなか良教師だと独りで思ってる。（略）近来、昼寝病再発、グーグー寝るよ」と書いて、つぎのように言っています。

博士にも教授にもなりたくない人間は食っていればそれでよろしいのさ。 ＊84

教授という肩書にも博士号にも興味がない。人は肩書があると威張るし、肩書が自分より上のやつにはへいこらする。そんなことでは真面目とは言えない。〈もっと独立した人間になりなさい〉というメッセージです。

たしかに肩書だけで人を判断する人はいます。私も専任講師時代には「まだ講師ですか」と言われ、助教授になったら「まだ助教授なんですね」と言われ、教授になったら急に「あっ、教授ですか！」と言われるようになりました。私自身は自分の中身はまったく変わっていないと思っているので、なんだかなと違和感をずっと感じていました。

32 考えを変えるのをためらうな

さて、森田草平はたびたび漱石を心配させていました。明治39年2月の森田宛ての手紙にも、君の心の状態がはたして君の言うところのようであれば、君は少々病気にちがいない。病気が悪いともよいとも言わないが、自分が苦しむだけ不幸だと言わなければなるまい、と書いています。

そしてその二日後の手紙で漱石は、僕のようなものはとうてい文学者の例にはならないが、僕は君くらいの年輩のときには、今君が書く三分の一のものも書けなかった。その思想はすこぶる浅薄《せんぱく》なもので、かつ狭隘《きょうあい》きわまるものであった。僕が二十三、四歳のころに書きかけた小説が十五、六枚残っていた。読んでみると、馬鹿げていて、まずいものだ。あまりに恥ずかしいから、せんだって妻に命じて反故《ほご》にしてしまった、と書いています。

自分の若き日のことを包み隠さず打ち明けて草平を励まそうとする気持ちがよく伝わってきます。

漱石はこの手紙のなかで、こんなふうに書いています。

自分で自分の価値は容易にわかるものではない。しかし、当時からくらべるとよほど進歩したものだ。それだから僕は死ぬまで進歩するつもりでいる。

＊85

自分の価値は自分ではなかなかわからないものだから、〈覚悟をきめてやり切るしかない〉というメッセージです。

そのときそのとき、その都度その都度、評価を気にしていると先に進めないので、とにかくどんどんやってみる。そして、そのなかの一つが評価されると、過去の仕事も評価されることがあります。

芥川賞や直木賞でも、受賞を機に急に評価が上がって、以前に書いたものにスポットライトがあたり、急に売れだすというのはよくあるパターンです。

村松友視《ともみ》さんも、『時代屋の女房』で直木賞を取ったあと、まるで月刊誌のようなペースで風俗小説や時代小説などを発表しています。それまで日の目を見ずに溜まっていた原稿がたくさんあったからだそうです。

自分というものは簡単にわかるものではないので、井戸のなかであがいているだけでは、結局、何もつかめないことが多いものです。それよりも、覚悟をきめて井戸から飛び出し、これぞというものを見つけたら、とにかくやりつづけてみる。そうして気がついてみたら、「ああ、ここまで来ていたんだ」「自分はこんな人間だったんだ」と思い至ることがあります。

暗中模索のなかで、死ぬまでやってやると覚悟をきめてやりつづけていたら、これが自分の本領だったのかとわかるときがくるということです。

森田草平も文豪の域には達しませんでしたが、漱石に励まされて文学をやりつづけて、のちに『吉良家の人々』『細川ガラシャ夫人』などの歴史小説や、イプセン、ドストエフスキー、セルバンテスなどの翻訳を手がけています。

話は変わりますが、サッカーの岡崎慎司選手は、高校時代とりわけいい選手とは監督から思われていなかったそうですし、Jリーグの清水エスパルスのころも、特別注目を集める選手ではありませんでした。その岡崎選手が、日本代表のレギュラーのフォワードとして活躍し、2016年は世界最高峰と言われるイングランドのプレミアリーグのレスターというチームで優勝に貢献しています。

岡崎選手は前線で体を張って相手選手を追いまわし、隙《すき》あらばディフェンスの裏をとって得点するという泥臭いプレースタイルがチームを活性化させるということで高い評価を得ています。

岡崎選手がこんな一流選手になるとはサッカー関係者やサッカーファンも予測していませんでしたし、岡崎っていつのまにあんなにうまくなったんだと言われています。岡崎選手自身も十年前にはそこまでいくとは思っていなかったにちがいありません。

漱石は寺田寅彦宛ての手紙のなかで、漱石が熊本で死んだら熊本の漱石、英国で死んだら英国の漱石、千駄木（ロンドンから帰国後の明治36年から三年間住んだ）で死んだら千駄木の漱石で終わる。今日まで生き延びてきたから、いろいろな漱石をお目にかけることができたと前置きして、今後についてつぎのように書いています。

これから十年後には、また十年後の漱石ができる。 ＊86

寺田寅彦は物理学者ですが、岩波書店から『寺田寅彦随筆集』（全五巻、漱石の弟子の小宮豊隆編）が出るほどの名随筆家として、また俳人としてもよく知られています。

漱石が熊本の五高（現・熊本大学）に勤めていたときの教え子の一人で、生涯、漱石に師事しています。弟子でありながら漱石のもっともよき理解者の一人であり、漱石も寅彦と対等に交際しています。

十年後にはまた十年後の漱石をお見せすることができるというのは、立場が変わり運命が変わり時期が変われば、そのたびごとに自分の新しい面を見せることができるということです。振り返ってみて、この十年間でこれだけのことをやったのだと思うと、「ほうほう、十年生きた甲斐があったな」と実感します。岡崎選手もそんな心境ではないでしょうか。

十年前はこんな仕事はしていなかった、十年前は子どももいなかった。この十年間に仕事においても家庭にあっても、これだけのことをなしとげたと思うと、漱石のような偉大な人物でなくても、十年間には十年間なりの成果があります。

真面目に家庭をつくり、真面目に仕事をやっていると、十年後にはそれが花開いている。人生はずっと同じようにつづいて退屈なものだと決めつけるのではなく、〈十年後にはちがう自分を見せてやる〉という覚悟を持って生きなさいというメッセージです。

〈立場や使命や考え方が変わりつづけることに人生の意義が見いだせる〉と説いた漱石は、『吾輩は猫である』でも珍野苦沙弥《ちんのくしゃみ》先生に同じようなことを言わせています。

今日の君の意見は以前とちがっていて矛盾していると友人に指摘されて、苦沙弥先生（漱石が自身をモデルにしたとも言われる）は少しもひるむことなく、こう答えました。

せんだってはせんだってで、今日は今日だ。自説が変わらないのは発達しない証拠だ。

*87

いったん口にしたことは引っ込められないという意識にとらわれて、誤りをいつまでも抱え込んでいても状況は悪くなるばかりです。自説を変えようと考えたのなら、迷わずにすぐに実行するのが結局は自分のためになる。それでこそ人は発達していくというメッセージです。

戦中から戦後のしばらくのあいだ「転向」という言葉が使われて、マルクス主義思想の人などがその思想や立場を放棄するのを転向と呼んでいました。そのため、転向という言葉自体が切ないというか、「変節」という悪いイメージがついてまわっています。

しかし考えてみれば、日々進歩していれば考えが変わるのはあたりまえといえばあたりまえです。

漱石は「転向」「変節」を前向きにとらえていました。真面目というのは、考え方が変わらないから真面目というのではない。向上心を持って進歩・発達していることこそが本当の真面目なのであって、今の自分あるいは昔の自分を守ることに心が向いているとすれば、それは真面目ということをはきちがえていると漱石は言いたかったわけです。

漱石は正岡子規に宛てた手紙のなかでも、「変じたるは賀すべし」と、主義が変わるのは喜ばしいことだと、以下のように書いています。

これまでの主義を変じて今日の主義とするのは、それはそれでよい。人間の主義は終始変化することがなければ発達することは期待できない。だから変わることは喜ばしいことだ。ただし、悪いほうへと変化することがあるとすれば、それは高いところから下にのぼり、大人から小児に生長するようなもので、人生を逆回転させてしまうことになると説いています。

33 大きく構えなさい

漱石は高浜虚子宛ての明治39年11月の手紙につぎのように書いています。

やりたいことが多くて困る。学校なんかに行って授業をしている場合ではない。そんなところで教えているよりも、自分は大いに驚かすつもりで奮発して書かなければならない、と書いて、つぎのように戒めています。

僕は十年計画で敵を斃《たお》すつもりだったが、近来これほど短気なことはないと思って百年計画にあらためました。百年計画なら大丈夫、誰が出て来ても負けません。
＊88

「十年計画で敵を倒すつもりだった」の「敵」とは、世の中で自分の主義主張と相いれないもの、もっと言うならば、世の中そのものです。漱石のなかには、世の中はもっとこうなるべきだという思いがあって、作品を出して、世の中に影響を与えたいと考えていました。

十年計画でもかなり遠大だと思うのですが、十年計画では短気だと漱石は言います。いよいよ遠大なのが百年計画です。「百年計画なら大丈夫、誰が出て来ても負けません」。思わず、すごいなとうなってしまいます。ふつうの人が百年計画などと言ったら荒唐《こうとう》無稽《むけい》にしか受けとられないでしょう。

もちろんこれから先、百年も生きることはできないわけですが、〈自分がやった仕事が百年後の世の中にも影響を与えている、あるいは今やっている仕事が影響を与えて百年後の世界が変わる、その変わる時期が百年後であってもいい〉というぐらいに〈大きく構えなさい〉というメッセージです。

『吾輩は猫である』を雑誌に掲載した明治38年（1905）を漱石の作家活動の起点とすると、百年後は2005年になります。2000年代になっても漱石の本はいまだに売れつづけ、教科書に載り、新聞の朝刊に連載されたりしています。私も今、この本を書いています。漱石の言葉は今なお世の中に大きな影響を与えています。

私たちはさすがに百年後はむずかしいかもしれませんが、十年計画、二十年計画で敵を倒すぐらいの勢いで、世の中に爪痕《つめあと》を残す仕事ができればいいと願います。

さて、漱石の書簡は岩波書店の『漱石全集』に収められたものだけでも二五〇二通におよびます。岩波文庫版の『漱石書簡集』はそこから一五八通を載せていますから、まずこちらを読むことをお勧めしますが、『漱石全集』の第二二巻から二四巻までの書簡篇のなかから、森田草平宛ての手紙だけを拾い読みするのもいいと思います。二人の〈魂の交流〉を読むだけでも、得るものは非常に大きいと私は思っています。

森田は長文の手紙をたびたび漱石に送っていますが、漱石がまた長文の手紙でていねいに応えています。兼業作家として、その後は専業作家として多忙をきわめているはずなのに、頭が下がります。

漱石は森田のような心の弱い弟子たちにやさしいんですね。今の若い人は心が折れやすい、メンタルが弱いと言われますが、漱石の弟子を見ているとけっこう弱いなという感じがします。現代の若い人だけが弱くなったわけではなくて、いつの時代でも本当に真面目に生きようとすれば、どこか心が傷つくことがあるのだと思います。

漱石は明治39年2月の森田草平宛ての手紙に以下のように書いています。

大町桂月は「馬鹿の第一位《くらい》に位するものだ」、高山樗牛《ちょぎゅう》（文芸評論家、思想家）には崇拝者が大勢いるが、あんなキザな文士はいない。しかし、彼らはみな、押しを強くして「平気でいる」。

だから、君（森田）だけが閉口する必要はない。文壇などつまらないと感じて退くのならいいが、「自分だけを妙に考える必要はあるまい」。私などは、なんやかんや言って漱石は大町桂月らを評価しているなどと陰で批評されているのだ。しかし、ちっともかまわない、と書いてつづけています。

蔭《かげ》で云うことなんかはどうでもよろしい。文章もいやになるまで書いて死ぬつもりである。

＊89

とことん文章を書いて死ぬつもりでいるから、世間が何を言おうがかまわない。自分はやるべきことをやるだけだ、死ぬまでやってみせるという〈覚悟〉を見せることで、森田を励ましています。

作家でなくても、たとえば自分の仕事を黙々とやっている職人気質の人は、この仕事でやっていくのだという覚悟が定まっていて、揺らぐことがありません。漱石はたまたま文章でしたが、米作りでもいいし、庭作りでもいいし、一生を賭けてやり切って死ぬのはいいものです。

ヘルマン・ヘッセの『庭仕事の愉しみ』という本を読むと、ヘッセは五十歳を過ぎて自分の家と庭を持ち、庭いじりに没頭するようになり、八十五歳で亡くなるまでつづけています。ヘッセにとって庭仕事はやりとげなければならなかったもう一つの仕事でした。

庭仕事をやっていると心静かになって瞑想的な気分になります。そのような仕事があると、生きる張り合いも出てきます。

漱石は明治39年10月の森田草平宛ての手紙につぎのように書いています。

君の生涯はこれからである。君の功績の価値は百歳ののちに定まる。百年後、誰が君の功績をけなしたりするだろうか。それなのに君は目の前のことに汲々として前進できずにいる。こんなありさまは、博士になれないことを苦にし、教授になれないことを苦にするのと同じだ、と書いて、つぎのようにつづけています。

百年の後、百の博士は土と化し、千の教授も泥と変ずべし。余はわが文をもって百代の後に伝えんと欲するの野心家なり。 ＊90

博士だ教授だといったところで、みな百年後には土や泥と化す。しかし自分は〝文〟という朽ちないものをもって百代ののちに伝えたいという野心を抱いている。

百代といったら何年になるのでしょうか。少なくとも百年後どころの話でありません。今の評価にとらわれて、できがいい悪いを気にしすぎて仕事ができなくなるのはよくない。〈もっと大きな志を持って仕事をしなさい〉というメッセージです。

流行作家、人気作家でも、百年どころか短い期間で作品が品切れになったり絶版になったりしています。出版不況ということもあって、短命の作品が多くなっていることもあるのでしょうが、せんだって私が愛読している作家の本をあらためて読み直してみようと思って注文したところ、ほとんど品切れの状態でした。有名な作家でもこんなことになっています。

　ましてや私の本はやがて一冊もなくなるだろうと思いつつ、もしかしたら図書館にある私の本を百年後の読者が「おっ、これは！」と手に取ってくれるかもしれないと思ってせっせと原稿を書いています。

　勝海舟は『氷川清話』のなかで「知己《ちき》を千載《せんざい》の下《もと》に待つ」と言っています。だいたい大きな人物というものは、そんなに早く世のなかで評価されるものではない。ふつうは百年後だ。いっそう大きい人物になると、二百年後、三百年後だ。二百年も三百年も前に、今自分が抱いている意見と同じ意見を抱いているやつがいた。これは感心な人物だと騒ぎ出すようになって、それで世に知れてくるのだ。知己を千載の下に待つというのはこのことだ。今の人間はどうだ。そんなやつは一人もおるまい。今のことは今に知られて、今の人にほめられなくては承知しないという〝尻の穴〟の小さいやつばかりだろう、と書いています。

　さすが勝海舟ですね、スケールがちがいます。自分を理解してくれる人が千年後に現れるであろうことを期待して、今の時点では理解されなくても自分の信念を貫かなければならないということです。

　勝海舟だったら、「草平、そんなに尻の穴が小さくてどうする。自分がものになるかならないか迷ったところで何になる。それよりは覚悟を定めて、自分を信じて進め」

と叱咤激励するにちがいありません。

34 〝これだ〟というものをつかめ

明治42年7月16日の日記に漱石はつぎのように書いています。

近ごろ一日おきにドイツ語を勉強したり、木曜日は木曜会で弟子たち、門下生に付き合うから丸つぶれになる。そんなこともあって、小説の執筆がなかなかはかどらないが、「しかし」と書いてつぎのようにつづけています。

これが本職と思うと、いつまでかかってもかまわない気がする。暑くても何でも自分は本職に力《つと》めているのだから不愉快のことなし。
＊91

7月16日の日記ですから、エアコンもない時代に、さぞかし暑かったと思います。『それから』の連載を六三、六四回もつづけているが、なかなか大変だと書いています。漱石の作品を見ると、本当にうまいなとか、本当にいい作品を書くなと思いますが、漱石は漱石なりに苦労があったわけです。

しかし「これが本職だと思うと、いつまでかかってもかまわない」と〈覚悟〉がきまると、暑かろうが寒かろうが、忙しかろうが暇であろうが不愉快なことは何もないと書いています。

本職あるいは天職と言ってもいいかもしれませんが、天から与えられた仕事はこれだったんだとつかむ瞬間があります。そうすると、そうだ、これをやり切ろうと〈覚悟〉がきまって元気が出て、張り切るようになります。

俳優の黒沢年雄さんがスポーツ新聞にコラムの連載をはじめました。その一回目を読んだのですが、運よく俳優になり、歌手にもなって売れたが、自分は一流になる器ではない。それならば二流のなかの一流になろうと思って〈覚悟〉をきめた瞬間から元気になったと書いています。二流のなかの一流こそが自分の本職と思いさだめたということです。

私は甲子園の高校野球を欠かさず見ている（全試合を録画して見ている！）のですが、ユニフォームを着てスタンドで応援している部員がいます。最終学年の三年生はもうグラウンドに立つ機会はありません。それでも、みんな必死に、ときには泣きながら応援しています。

はたから見ているとレギュラーになれずにかわいそうにと思ったりしますが、もしかしたら、自分は応援に賭けるという〈自覚〉というか〈覚悟〉が生まれたときに、これぞ自分に与えられた本職という意識になって、ストレスにならない、苦労を苦労と思わなくなるのかもしれません。他の人とくらべて自分がナンバーワンかどうかはあまり関係がなく、自分のなかでこれなら向いているというものをつかむのが大事ということです。

内村航平選手は日本のみならず世界の体操史上最高の選手ですが、大学時代の友人によると、バスケットはまったくうまくないのだそうです。同じスポーツでも、ちょっとしたズレによって世界最高の体操選手にもなれば、ヘボなバスケット選手にもなってしまう。

ちょっとスライドしただけで「あっ、いける！」というふうに思う瞬間があるのかもしれません。

時代小説の大ベストセラー作家の佐伯泰英さんは、写真家として、またスペインや闘牛をテーマとする作家として活動し、冒険小説、国際謀略小説を発表していましたが、そこそこの成功しか収められませんでした。要するに行きづまっていたわけです。そんなところに編集者に勧められて時代小説を書いたら才能が炸裂し、とんでもない売り上げになりました。

同じ仕事をしていても、ちょっと脇目を振ることで、結果がちがってくることがあるので、自分にはこれしかできないとかたくなに決めつけないで、守備範囲を広くしておくことも大事です。

さて、漱石の日記には率直に罵倒《ばとう》のたぐいが多く書かれていて興味をかきたてられます。とくにロンドン滞在中の日記は、ぐずぐず言ってはいますが、反面、必死に生きようとして本当にやりたいことが見つかり切らない苦悩が書かれていて、漱石には申し訳ありませんが、なかなか興味深いものです。

漱石はロンドン滞在中の日記のなかで、たびたび西洋あるいは西洋人に対するときの〈覚悟〉について書いています。

「西洋の社会は愚《ぐ》な物だ。こんな窮屈な社会を一体だれが作ったのだ。何が面白い」

「日本は三十年前に覚めたりという。しかれども半鐘《はんしょう》の声で急に飛び起きたるなり。その覚めたるは本当の覚めたるにあらず。狼狽《ろうばい》しつつあるなり。ただ西洋から吸収するに急にして消化するに暇《いとま》なきなり。文学も政治も商業も皆然《しか》らん。日本は真に目が醒《さめ》ねばだめだ」

そして、つぎのようにも書いています。

西洋人と見て妄《みだ》りに信仰すべからず。また妄りに恐るべからず。

*92

今は西洋社会に対して卑屈になる人は少ないと思いますが、漱石が留学した明治三十年代は、学ぶべき対象としてヨーロッパが意識されていました。漱石は英文学研究ということもあって、西洋から吸収しなくてはいけないからと、実際にその社会に身をおいてみたところ、「西洋の社会は愚《ぐ》な物」だったというわけです。

漱石は書いています。英国の教授といっても、たしかに博学だが、難問を出して彼らを苦しめることは簡単だ。一度も会ったことがないのに、「アットホーム」に呼ぶなど、なんてヤボなやつなんだ。「向こうも義理で呼んだんだろう。こちらも義理で行ったのだ」と西洋批判、西洋人批判はとどまるところを知りません。

そして返す刀で、やたらに西洋を崇拝する必要などないし、西洋人をやたらに恐れる必要もないときっぱりと宣言しています。

自分は日本人として何ができるのか。それはまだわからないが、やるだけやってやる、死ぬまでやってやるという漱石の〈覚悟〉が見えてきます。

35 人間を上等にしなさい

亡くなった正岡子規を偲《しの》んだ漱石のエッセーに『子規の画《え》』というごく短い一文があります。

子規が描いた画をたった一枚持っている。亡友の記念《かたみ》だと思って長いあいだ袋に入れてしまっておいたが、最近になってふと思い出し、子規が私に宛てた手紙二通を画の左右において、三つをひとまとめにして表装させた。

その画は一輪《いちりん》花瓶《ざし》に挿した東菊《あずまぎく》で、図柄としてはきわめて簡単なものである。画のわきに「これは萎《しぼ》みかけたところと思いたまえ。下手《まず》いのは病気の所為《せい》だと思いたまえ。嘘だと思わば肱《ひじ》を突いて描いて見たまえ」という註釈が加えてある。子規はこの簡単な草花を描くために、非常な努力を惜しまなかった。子規の画は〈拙《まず》くてかつ真面目〉である、と書いています。

そして、以下のようにつづけています。

「子規は人間として、また文学者として、最も『拙《せつ》』の欠乏した男であった（拙《つたな》いということに縁遠い男であった）。永年《ながねん》彼と交際をしたどの月にも、どの日にも、余はいまだかつて彼の拙を笑い得るの機会を捉《とら》え得た試《ためし》がない。また彼の拙に惚れ込んだ瞬間の場合さえもたなかった。彼の歿後《ぼつご》ほとんど十年になろうとする今日《こんにち》、彼のわざわざ余のために描いた一輪の東菊の中《うち》に、確《たしか》にこの一拙字を認めることのできたのは、その結果が余をして失笑せしむると、感服せしむるとに論なく、余にとっては多大の興味がある。ただ画がいかにも淋しい。でき得るならば、子規にこの拙なところをもう少し雄大に発揮させて、淋しさの償《つぐない》としたかった」

子規という人は器用な人、才能のある人でしたから「拙《つたな》い」という言葉には無縁の人でしたが、子規のこの画はなんとも拙い。「拙の一字」を感じる。だからこそ、その拙さが切なく胸を打つと書いています。

抜き書きにしたのでうまく伝わっていないかもしれませんが、哀切のこもったこのエッセーは五分もあれば読めますので、ぜひ目を通していただければと思います。

漱石は『草枕』のなかで「拙《せつ》を守る」と書いています。

世間には拙《せつ》を守ると云う人がある。この人が来世《らいせ》に生まれ変わるときっと木瓜《ぼけ》になる。余も木瓜になりたい。
＊93

漱石は木瓜という木にたとえて、「拙を守る」人は生まれ変わると木瓜になる。自分も生まれ変わったら木瓜になりたいと書いています。

「拙を守る」は漱石が好んだ言葉と言われています。

漱石は書いています。木瓜という木は、枝は頑固《がんこ》で、かつて曲がったことがない。そんならまっすぐかというと、けっしてまっすぐでもない。ただまっすぐな短い枝に、まっすぐな短い枝が、ある角度で衝突して、斜《しゃ》に構えつつ全体ができあがっている。そこへ、紅《べに》だか白だか要領を得ない花が安閑《あんかん》と咲く。柔らかい葉さえちらちら着ける。評して見ると、木瓜は花のうちで、「愚《おろ》かにして悟ったもの」であろう。

漱石にとって木瓜という木は、世渡りが下手（拙）なことを〈自覚〉し、あえてその拙を曲げない愚直な生き方、世間に媚《こ》びて利を追求することを卑《いや》しいとする心のあり方の象徴だったのだと思います。

「愚かにして悟る」という言い方が面白いですね。不器用な自分を認めたうえで、自分はまだまだだと道を求めて精進すれば悟りに至るという意味になるでしょうか。

小器用に生きるという言い方がありますが、漱石は器用な生き方が自分の性に合わなかったのだと思います。自分の信念を曲げて人に従うことを〈節《せつ》を曲げる〉と言いますが、真面目に自分というものを生きていれば、世間の目には拙《つたな》く映るかもしれない。しかし、それでもなお〈拙を守れ〉〈節を曲げるな〉というのが漱石のメッセージです。

世界に禅を知らしめた大人物に鈴木大拙《だいせつ》がいます。大拙という筆名は「大功《たいこう》は拙《せつ》なるがごとし」（真の名人は小細工をしないので、ちょっと見ただけでは下手に見える）という老子の言葉からとったそうです。漱石に言わせれば、〈大真面目〉とは〈大拙＝大いに拙い〉ということで、たんに謙虚ということではありません。

私も自分では器用な人間だと思っていたのに、人間関係にしても上ともうまくいかず、結局職を得たのが三十三、四歳ぐらいですから、自分では気づいていなかっただけで、もしかしたら不器用だったのかもしれませんが、それが幸いしたとも言えます。

宮沢賢治は「雨ニモマケズ」で「ミンナニデクノボートヨバレ／ホメラレモセズ／クニモサレズ／サウイフモノニ／ワタシハナリタイ」と書きました。

賢治は「デクノボーと呼ばれたい」と言い、漱石は「木瓜になりたい」と言いました。二人の〈覚悟〉に共通するものが見えてきて面白いですね。

さて漱石は、松山中学の全生徒に宛てた『愚見数則』のなかで、「理想を高くせよ」、しかしあえて「野心を大ならしめよ」とは言わない。理想のない者の言動は醜い、理想の低い者の立ち居振る舞いには美なるところがないと書いて、つぎのように説いています。

理想は見識より出ず、見識は学問より生ず、学問をして人間が上等にならぬくらいなら、初めから無学でいるほうがよし。
*94

理想はどこから出るかというと見識から出る。見識はどこから出るかというと学問から出る。だから学問をすると見識が高くなり、その見識から理想が出てくるから、学問をすれば〈人間が上等になる〉はずだ。もしそうならないとすれば、学問などしないほうがいいというメッセージです。

福沢諭吉は『学問のすゝめ』で、学問には文字を知ることが必要だが、ただ文字を読むだけをもって学問とするのは大いなる心得違いである。文字は学問をするための道具であって、家を建てるときに必要になる槌《つち》や鋸《のこぎり》のようなものである。槌・鋸は家を普請《ふしん》するのに欠くことのできない道具ではあるが、その道具の名を知るだけで家を建てることを知らない者は大工とは言わない。文字を読むことだけを知って物事の道理をわきまえない者はこれを学者とは言わない。いわゆる「論語読みの論語知らず」とはこのことである、と書いています。

学問をするという言葉が持つ意味は、たんに知識を吸収することにかぎられずに、もっとずっと広い意味合いを持っています。それは学校の勉強ではなく、〈人間として上等になる〉ということです。だから、学問によって見識が高くなり、そこから理想が生まれないようでは話にならない。そんなものは本物の学問ではないというのが漱石のメッセージです。

2015年、ノーベル生理学医学賞を受賞した大村智《さとし》さんは、新しい化合物を発見して、それをもとに開発された薬は毎年数億人もの熱帯地域の人たちを感染症の脅威から守っています。大村さんは特許を取っているので莫大な特許料収入があるのですが、自分のふところに収めずに、それでもって北里大学メディカルセンターという病院をつくっています。

学問が人の役に立ち、見識を身につけて、そして理想が高い。こんな〈上等な人間〉がいたことを、私を含めてみなさんは、ノーベル賞を受賞されるまで知らなかったのではないでしょうか。

学問をすることを〈人生を勉強する〉というふうに広げて考えると、人生を勉強する意味というのは、地位や名誉を得るためではなく、〈人間を上等にする〉ことにあります。

漱石は〈人生という家〉を建てるには何が必要で、何をしなければいけないかを考え抜いた人でした。

まずは何をおいても大黒柱を立てなければいけないのに、柱を立てずに屋根を葺《ふ》き、壁をつくろうとしていないか。家具など調度品で飾ってみても、柱がなければそんな家は遅かれ早かれ倒れてしまう。世の中と格闘して太い柱を立てることが本当に真面目ということだ。だから〈覚悟をきめなさい〉。

漱石はそのとおりの人生を貫いた〈覚悟の人〉でした。

【第6章　引用文の出典】

＊80　明治39年10月26日付け鈴木三重吉宛て書簡
＊81　明治39年1月10日付け森田草平宛て書簡
＊82　明治40年3月23日付け野上豊一郎宛て書簡
＊83　明治44年2月21日付け福原鐐二郎宛て書簡
＊84　明治36年6月14日付け菅虎雄宛て書簡
＊85　明治39年2月15日付け森田草平宛て書簡
＊86　明治38年2月7日付け寺田寅彦宛て書簡
＊87　『吾輩は猫である』
＊88　明治39年11月11日付け高浜虚子宛て書簡
＊89　明治39年2月13日付け森田草平宛て書簡
＊90　明治39年10月22日付け森田草平宛て書簡
＊91　明治42年7月16日付け日記
＊92　明治34年1月12日付け日記
＊93　『草枕』
＊94　『愚見数則』

おわりに　〈人間の教師〉夏目漱石

夏目漱石の人生を切り拓く言葉をとりあげて、漱石が人生をどう考え、どう生きたかを見てきました。すでにお気づきかと思いますが、この本でとりあげた言葉でいちばん多いのが、漱石が若き弟子たちに書いた手紙にある言葉です。

弟子たちに対する漱石の接し方は非常に真面目で、自分は教師なんか嫌いだと言いながら、これほど教師としてまめな人もいませんでした。多忙なのによくぞここまで長文の手紙を書いたものかと驚くばかりです。

漱石はそもそも学校の授業で教えることにさほど価値があるとは思っていなくて、人と人の付き合いのなかで弟子を育てることを大切にしていた人です。

漱石は手紙が世に出ると思って書いているわけではないので、そこには本音が表れています。漱石は自分の〈壮大な志〉を弟子に向かってぶつけていますが、それが弟子に対する励ましにもなっています。

漱石の才能と弟子たちの才能はもちろんちがうのですが、漱石は能力で人を見ていないので、芥川龍之介のように才能のある人も励ましますし、森田草平のように苦しんでいる者にはよりいっそう長文の手紙で励ましています。

懇切丁寧な手紙が送られただけで、弟子たちはどれほど幸せを感じたかわかりません。手紙だけでなく、毎週木曜日には自宅を開放して「木曜会」を開いています。先生が直接に間接にこんなふうに言ってくれるのだから、自分もやらなくてはいけないと、勇気をもらって精進することになったわけです。

本音で弟子たちを励ます漱石は人間関係においても真面目です。とりわけ未来をつくっていく若い人に対する思いが非常に真面目です。漱石はそんな若い弟子たちに「牛のようにずんずん前に押していきなさい」と〈大真面目に人生を切り拓く〉ように説いています。牛は漱石にとって一つの理想のイメージでした。

ひるがえって現代はというと、「あなたの人生がうまくいかないのは、成功者だけが知る成功の秘訣を知らないいだけだ。成功の秘訣さえ知れば簡単に人生を変えられる」とするような自己啓発書が売れています。牛のように自力で一歩一歩進むのではなく、優秀な馬に便乗してさっさと進みなさいと説くものです。

漱石がこれを読んだら、「人の褌《ふんどし》で相撲を取る」などというあさましい考えにとらわれるなと叱咤するにちがいありません。「本当の真面目」とは腹の底からの〈大真面目〉というものなのだと考える漱石の人生を切り拓く言葉は、とかくこぢんまりと生きる現代の若者に向けたものと言ってもいいものです。「仕事」にしろ「人間関係」にしろ「家庭」にしろ、現代人が自分のものとすべき教えにあふれた言葉の数々です。

私はかつて『日本を教育した人々』という本を書いたことがあります。日本人を日本人たらしめた教育、日本を日本たらしめた教育。漱石は倫理的な作家と評されますが、倫理的というと、道徳的というふうにとられるかもしれません。しかし漱石はそこにとどまらずに、人間が生きるとはどういうことかに大真面目に取り組んで、それを世の中に発信していった人です。

漱石はまちがいなく日本を教育した人、日本人を教育した人の一人に数えられます。漱石は〈人生の教師〉です。もっと言うならば〈人間の教師〉です。

私たち日本人は、没後百年が過ぎた今、夏目漱石という超越した教師を持つことができたことに改めて感謝しなければなりません。

漱石の言葉を座右の銘にすることで、漱石の〈真面目力〉を引き継いでいきたいものです。

ただおとなしいだけの中途半端な真面目さではなく、牛のように力強い真の〈真面目力〉に目覚めることが充実した人生を切り拓くことにつながると私は信じています。

【夏目漱石　略年譜】

幼少時代

1867（慶応3）0歳 2月9日（旧暦1月5日）、江戸牛込馬場下横町（現・新宿区喜久井町）に誕生。金之助と命名。生後数か月で里子に出されるが、まもなく生家にもどる

1868（慶応4／明治元年）1歳 塩原家の養子となり、内藤新宿北町に移る

1870（明治3）3歳 予防接種（種痘）がもとで天然痘にかかる

1874（明治7）7歳 戸田学校下等小学第八級に入学

1876（明治9）9歳 市谷学校下等小学第三級に転校

1878（明治11）11歳 神田猿楽町の錦華学校小学尋常科第二級後期に転校

1879（明治12）12歳 東京府第一中学校に入学

1881（明治14）14歳 麹町の漢学塾・二松学舎に転校（翌春、退学）

1884（明治17）17歳 東京大学予備門に入学

学生時代

1888（明治21）21歳 養家・塩原家から夏目家に復籍
第一高等中学校本科に進学、英文学を専攻

学生時代

1889（明治22）　22歳　同級の正岡子規を知り、俳句の手ほどきを受ける
第一高等中学校本科を卒業

1890（明治23）　23歳　帝国大学文科大学（東大文学部）英文学科に入学

1893（明治26）　26歳　7月、同大学を卒業
10月、東京高等師範学校英語嘱託になる

1894（明治27）　27歳　12月末から翌1月にかけて鎌倉・円覚寺に参禅。このころ神経衰弱に悩まされる

松山・熊本時代

1895（明治28）　28歳　4月、愛媛県尋常中学校（松山中学）に英語の嘱託教員として赴任
子規と親交を深める
12月、貴族院書記官長・中根重一の長女・鏡子と見合いをして婚約

1896（明治29）　29歳　4月、熊本の第五高等学校に嘱託教授として赴任
6月、中根鏡子と結婚。7月、五高教授となる

1899（明治32）　32歳　5月、長女・筆子誕生

英国留学時代

1900（明治33）33歳
9月、文部省第一回給費留学生として英語研究のためイギリス留学へ出発。10月、ロンドン着。

1901（明治34）34歳
1月、次女・恒子誕生

1902（明治35）35歳
9月、正岡子規が結核のため死去。このころ神経衰弱に悩まされる
12月、帰国のためロンドンを出発

兼業作家時代

1903（明治36）36歳
1月、帰国
4月、第一高等学校英語嘱託、東京帝国大学英文科講師
7月、神経衰弱が高じ、妻子が9月まで別居
11月、三女・栄子誕生

1904（明治37）37歳
9月、明治大学高等予科講師を兼任
高浜虚子らの文章会「山会」のために執筆した原稿を虚子に示して、題名を『吾輩は猫である』とする

兼業作家時代

1905（明治38）　38歳
1月から翌年8月にかけて『吾輩は猫である』を「ホトトギス」に断続的に執筆。『倫敦塔』『カーライル博物館』『薤露行』などを雑誌に発表
12月、四女・愛子誕生

1906（明治39）　39歳
4月『坊っちゃん』、9月『草枕』、10月『二百十日』を雑誌に発表
10月、第一回「木曜会」

専業作家時代

1907（明治40）　40歳
4月、すべての教職を辞して朝日新聞社に入社
5月『文学論』刊行
6月、長男・純一誕生
6月から『虞美人草』連載（～10月）
9月、牛込区早稲田南町（現・新宿区）の借家（漱石山房）に転居。このころより胃病に悩まされる

1908（明治41）　41歳
6月『文鳥』発表、7月～8月『夢十夜』連載、9月～12月『三四郎』連載
12月、次男・伸六誕生

専業作家時代

1909（明治42） 42歳

1月～3月『永日小品』連載、3月『文学評論』刊行、6月～10月『それから』連載

1910（明治43） 43歳

3月、五女・雛子誕生。3月～6月『門』連載

6月～7月、胃潰瘍のため内幸町の長与胃腸病院に入院

8月、転地療養のため伊豆・修善寺へ行き、大量吐血して人事不省に陥る（修善寺の大患）

10月、快方に向かい帰京。翌年2月まで長与胃腸病院に再入院

10月～翌年3月、再入院中に『思い出す事など』を執筆・連載

1911（明治44） 44歳

2月、文学博士号授与を辞退

8月、関西での講演旅行中に吐血、大阪の病院に入院。翌月、帰京

10月、漱石が主筆を務めた「朝日文芸欄」廃止

11月、朝日新聞社に辞意を伝えるも慰留される。五女・雛子急死

専業作家時代

1912（明治45／大正元年） 45歳
1月〜4月『彼岸過迄』連載

1913（大正2） 46歳
12月〜翌年11月『行人』連載
4月、胃潰瘍再発と神経衰弱により『行人』連載を一時中断

1914（大正3） 47歳
4月〜8月『心　先生の遺書』連載
9月、『心（こころ）』刊行
11月、学習院輔仁会で講演（『私の個人主義』）

1915（大正4） 48歳
1月〜2月『硝子戸の中』連載
3月〜4月、京都を旅行中に胃痛で倒れる
6月〜9月『道草』連載
12月、芥川龍之介、久米正雄らが木曜会に参加

1916（大正5） 49歳
1月『点頭録』発表
5月『明暗』の連載を開始
11月22日、第188回で中断していた『明暗』の執筆のため机に向かうも、何も書けないまま胃潰瘍が再発し倒れる

12月9日、漱石山房で胃潰瘍のため永眠
12月12日、青山斎場で告別式
12月28日、雑司ケ谷霊園に埋葬される

略年譜の作成にあたり、『漱石全集』第27巻（岩波書店）、県立神奈川近代文学館「Ｗｅｂ版夏目漱石デジタル文学館」〈夏目漱石略年譜〉、東北大学附属図書館「夏目漱石ライブラリ」〈夏目漱石年譜〉等を参照しました。

＊本書は二〇一六年に当社より刊行した『夏目漱石の人生論　牛のようにずんずん進め』を改題し、文庫化したものです。

草思社文庫

夏目漱石の
人生を切り拓く言葉

2020年6月8日　第1刷発行

著　者　齋藤 孝
発行者　藤田 博
発行所　株式会社 草思社
〒160-0022　東京都新宿区新宿1-10-1
電話　03(4580)7680(編集)
　　　03(4580)7676(営業)
　　　http://www.soshisha.com/

本文組版　有限会社 一企画
本文印刷　株式会社 三陽社
付物印刷　株式会社 暁印刷
製本所　大口製本印刷 株式会社
本体表紙デザイン　間村俊一

ISBN978-4-7942-2457-6　Printed in Japan

草思社文庫既刊

齋藤 孝

声に出して読みたい日本語①〜③

黙読するのではなく覚えて声に出す心地よさ。日本語のもつ豊かさ美しさを身体をもって知ることのできる名文の暗誦テキスト。日本語ブームを起こし、国語教育の現場を変えたミリオンセラー。

齋藤 孝

声に出して読みたい論語

「論語を声に出して読む習慣は、心を研ぐ砥石を手に入れたということだ。孔子の身と心のあり方を、自分の柱にできれば、不安や不満を掃除できる」（本文より）日本人の精神を養ってきた論語を現代に。

齋藤 孝

人生練習帳

人生を後悔することなく生きていくには日頃から「練習」が必要だ。文豪やトップシンガーが紡ぎだす名言・名句をヒントに人生の予習復習を提案。人生の景色が明るくなる齋藤先生の人生論。

草思社文庫既刊

マーク・フォステイター＝編　池田雅之＝訳
『自省録』の教え
折れない心をつくるローマ皇帝の人生訓

ローマ帝国時代、「いかに生きるべきか」をひたすら自らに問い続けた賢帝マルクス・アウレリウス。その著書『自省録』を現代を生きる人の人生テーマに合わせて一冊に。**『自分の人生に出会うための言葉』**改題

バーバラ・J・キング　秋山 勝＝訳
死を悼む動物たち

死んだ子を離そうとしないイルカ、母親の死を追うように衰弱死したチンパンジーなど、死をめぐる動物たちの驚くべき行動が報告されている。さまざまな動物たちの行動の向こう側に見えてくるのは――。

頭木弘樹＝編訳
絶望名人カフカ×希望名人ゲーテ
文豪の名言対決

どこまでも前向きなゲーテと、どこまでも後ろ向きなカフカ、あなたの心に響くのは？　絶望から希望をつかみたい人、あるいは希望に少し疲れてしまった人に。**『希望名人ゲーテと絶望名人カフカの対話』**改題

工藤健策
戦国合戦 通説を覆す

なぜ、幸村は家康本陣まで迫れたのか？なぜ、秀吉は毛利攻めからすぐ帰れたのか？ 地形、陣地、合戦の推移などから、川中島から大坂夏の陣まで八つの合戦の真実を読み解く。戦国ファン必読の歴史読物。

大塚ひかり
昔話はなぜ、お爺さんとお婆さんが主役なのか

七十過ぎても婚活！ 姥捨て山に捨てられてもみごと生還！ 極楽往生したくて、井戸にダイブ！『舌切り雀』『桃太郎』など6万にもおよぶ日本全国の昔話から、いにしえの老人たちの実態に迫る、異色の老人論。

藤井耕一郎
百目鬼《どうめき》の謎
「目」のつく地名の古代史

古代国家の起源を探るべく、「目」のつく地名に着目し、日本列島が統一された時代に呪術的な役割を果たした「にらみ」を解明。邪馬台国の成立とヤマト政権の中心となった勢力を浮き彫りにする。

草思社文庫既刊

野口武彦
幕末明治 不平士族ものがたり

明治という国家権力に抗い、維新のやり直しに命を捧げた男たちの秘史。挙兵を企てた旧会津藩士と警察官との激闘「思案橋事件」、西南戦争での西郷隆盛の最期を巡る一異説「城山の軍楽隊」など八編。

仁科邦男
犬たちの明治維新
ポチの誕生

幕末は犬たちにとっても激動の時代の幕開けだった。外国船に乗って洋犬が上陸し、多くの犬がポチと名付けられる…史料に残る犬関連の記述を丹念に拾い集め、犬たちの明治維新を描く傑作ノンフィクション。

穂積和夫
絵で見る 明治の東京

急速に文明開化を進めた日本。巨大都市・東京は江戸趣味と欧風文化が混在する空間に変貌する。建築・都市イラストレーションの第一人者が描き上げたイラストレーションで幻影の都市・東京の全貌が今、よみがえる。

草思社文庫既刊

庭仕事の愉しみ

ヘルマン・ヘッセ　岡田朝雄＝訳

庭仕事とは魂を解放する瞑想である。草花や樹木が生命の秘密を教えてくれる。文豪ヘッセが庭仕事を通して学んだ「自然と人生」の叡知を、詩とエッセイに綴る。自筆の水彩画多数掲載。

人は成熟するにつれて若くなる

ヘルマン・ヘッセ　岡田朝雄＝訳

年をとっていることは、若いことと同じように美しく神聖な使命である（本文より）。老境に達した文豪ヘッセがたどりついた「老いる」ことの秘かな悦びと発見を綴る、最晩年の詩文集。

ヘッセの読書術

ヘルマン・ヘッセ　岡田朝雄＝訳

よい読者は誰でも本の愛好家である（本文より）。古今東西の書物を数万冊読破し、作家として大成したヘッセが教える、読書の楽しみ方とその意義。ヘッセの推奨する〈世界文学リスト〉付き。

草思社文庫既刊

野上照代
完本 天気待ち
監督・黒澤明とともに

黒澤作品の現場のほとんどに携わった著者が、伝説的シーンの製作秘話、三船敏郎や仲代達矢ら名優たちとの逸話、そして監督との忘れがたき思い出をつづる。日本映画の黄金期を生み出した人間たちの青春記！

フランソワ・トリュフォー 山田宏一＝訳
ある映画の物語

『華氏451』撮影日記と『アメリカの夜』シナリオ、自作二作によりフランソワ・トリュフォー監督が映画創作の内側を赤裸々に描いた本。撮影技術や女優のわがままで、多彩なエピソードが興味津々。

山田宏一・和田誠
ヒッチコックに進路を取れ

ヒッチコック作品の秘密を映画好きの二人が余すところなく語り明かす。傑出した映像技術、小道具、メーキャップ、銀幕スターから脇役の輝き、製作裏話まで話は尽きない。映画ファン必読の傑作対談集。